たかが犬、なんて言わないで

リブ・フローデ 作
木村由利子 訳
柴田文香 絵

たかが犬、なんて言わないで

リブ・フローデ 作
木村由利子 訳
柴田文香 絵

プロローグ

　犬は両前足をぐいと前に伸《の》ばし、薄《うす》く目を開けた。部屋の中はぼんやりと暗い。静かだ。飼《か》い主のおばあさんが寝《ね》ているベッドから、ゼイゼイとかすかな音が聞こえるだけ。その音も時々止まる。すると犬は起き上がり、おばあさんの胸《むな》もとに鼻を乗せてみる。そうしていると、ゼイゼイいう音がもどってきて、鼻の下で胸《むね》が動きだす。犬は安心して、またベッドの前のカーペットに横になり、プラムの枝《えだ》が風で外壁《そとかべ》にたたきつけられる音に、耳をすます。おなかがすいて、胃《い》がキリキリ痛《いた》む。もう何日も食べ物を口にしていない。

　犬は足をブルブルふるわせながら立ち上がり、ゆっくりとキッチンに出て行った。えさ入れをもう一度なめてみる。床《ゆか》のにおいをかぐ。オーブンから食べ物のにおいがただよってきた。とびあがって前足を調理台にかけてみるが、見つかったのはかわいたパンくずが少しだけだ。

犬はおばあさんのところにもどる。くんくんきゅうきゅう鳴いて、羽根布団《はねぶとん》をひっぱる。

――起きてくださいよう。えさ入れをいっぱいにしてくださいよう。水もほしいんです。とってものどがかわいてるんです。

犬は廊下《ろうか》におしっこをしていた。おばあさんの長ぐつにもおしっこをかけた。どうにもがまんができなかったからだ。鼻先でおばあさんを押《お》してみるが、おばあさんは動かない。おばあさんの手はベッドのはしから、床に向かってだらりとたれている。犬はその手をなめる。なめられて、指がぴくりと動くのがわかる。

――目を開けて、こっちを見て。優《やさ》しい声で話しかけてよう。のど元の特別な場所を、その手でかいてくださいよう。

犬はカーペットに丸まり、前足に鼻面《はなづら》を乗せた。人間のたてるゼイゼイという音を聞きながら、眠《ねむ》りに落ちた。そうしているうちに朝になり、さらに一日がすぎて夕方がおとずれた。ただただベッドから聞こえる音に耳を立てる。時々眠りに落ちた。おばあさんの手をなめてみると、ひどく冷たくなっていた。

その夜、犬はむっくり起き上がり、首をそらして遠吠《とおぼ》えをした。おばあさんのベッドにひょいととびあがり、冷たくなったからだに身をすりよせる。見守るうちに、やがてカーテンのすき間から朝の光がさしこんできた。そこで犬は、地下の洗濯室《せんたくしつ》の細く開いた窓《まど》からすりぬけ、何か食べるものはないかと門の外に出た。そのまま海までつづく住宅地《じゅうたくち》の坂を、ゆっくりと下っていく。人間がいるところには、食べ物があるはずだ。大嫌《きら》いな犬のシーザーがいる家の柵《さく》をうかがってみた。えさ入れが玄関《げんかん》の一番下の段《だん》に置いてある。ドッグフードでいっぱいだ。犬は舌《した》なめずりをした。かぎ慣《な》れた食べ物のにおい。よだれがわいてきた。あたりを見まわしてみるが、シーザーの姿《すがた》はない。リードが放り出してある。門がしまっているが、かぎはかかっていない。もう一度あたりを見まわす。それから門のすき間をくぐって、玄関の段に向かい、ドッグフードを口いっぱいにほおばった。

その時、低い、おどすようなうなり声が家の中から聞こえた。ドアのハンドルに手をかける音がした。犬がこおりつき、くるりとまわれ右して門に向かって走りだしたとたん、ドアが開いてシーザーが飛び出した。犬は怒《いか》りくるったシーザーに追われて必死で逃《に》げた。門のすき間を通りぬけた時、首筋にシーザーの熱い息がかかった。鉄の門ががたがた鳴る。シーザーがすりぬけようとしているのだが、残念ながらからだが大きすぎた。シーザーは出るのをあきらめ、柵《さく》の中を並行《へいこう》して走りながら、大声で吠《ほ》えた。鋭《するど》い歯の間から赤い舌《した》がたれ、口から泡《あわ》があふれ出す。犬は住宅地裏《じゅうたくちうら》の森に走りこんだ。必死に走ったので、口の中に血の味がした。もうこれ以上走れない。一本の木の下にすべりこみ、枯《か》れ葉の中に倒《たお》れこむ。低い枝ごしに油断《ゆだん》なく目を配る。そのうち、やがて心臓《しんぞう》のドキドキがおさまり、全身ふるえながらも足が動くようになった。青草に鼻をくっつけるようにして、犬はよろよろと森の奥《おく》に入っていった。地面からかいだことのないにおいが立ちのぼる。空腹《くうふく》で胃《い》がキリキリとしめつけられるようだ。食べるものがないかと前足で地面をひっかく。青草をひきちぎり、くちゃくちゃとかんでみる。水たまりの冷たい水を飲みこむが、空腹はほとんどおさまらない。

森はうっそうと茂《しげ》ってきた。灰色《はいいろ》の幹《みき》の間をすりぬける朝の光は、ないにひとしい。すぐ目の前の地面から、鳥が一羽、けたたましい声をたてて飛び上がったので、犬は思わずよろめいた。枯れ葉の中からかさこそと音がした。ネズミがいっぴき、矢のように草の上をかけぬけた。犬はみがまえてとびかかったが、もうネズミは木の根もとに姿《すがた》をかくしたあとだった。

犬はそのまま進んだ。森を出る。アリ塚《づか》を越《こ》える。ぬかるみに足が沈《しず》む。そのまま一日中歩きつづけた。ブルーベリーの茂みから、まだ青くすっぱい実のふさをかじり、水たまりの水を飲んだ。夕方近く、雨が降りだした。森全体に灰色《はいいろ》のもやが立ちこめる。風が強くなり、木々のこずえをつかまえる。頭の上で木々が前に後ろに揺《ゆ》れる。くたびれ果てた犬は、カバノキの根もとに横になった。からだを丸める。前足をなめてきれいにする。風が吹《ふ》きつけ、つむじ風になって枯れ葉をくるくると舞《ま》い上げた。木の枝《えだ》が頭をこすっていく。地面がいのちを持ち、森全体が生きて動いているようだ。枝同士《どうし》がバキバキと大きな音を立ててぶつかりあい、地面に積もった枯れ葉もパチパチと鳴った。風のうなりで、ほとんど何も聞こえない。犬は前足の間に頭をうめた。

急にきついにおいがして、犬のからだがぴくりとひきつった。目の前に獣《けもの》がいっぴき立っていた。赤茶色の毛に、太いぼさぼさのしっぽ。ぴくりとも動かず、細い、敵意《てきい》にあふれた目で、こちらをにらみつけている。犬は地面にはりつき、ブルブルふるえた。獣は一秒たりとも目をそらさない。犬は恐《おそ》ろしくて身動きもできず、ただにらみ返すしかなかった。やがて獣はふいと身をひるがえし、姿《すがた》を消した。

雨が強くなってきた。犬は濡《ぬ》れないように、カバノキの幹《みき》にぴったりと身をよせた。耳がぴんと立ち、全身の筋肉《きんにく》がはりつめている。あの獣がまた現《あらわ》れるかもしれないと思うと、恐《おそ》ろしくて眠《ねむ》れない。濡《ぬ》れた毛がからだにぴったりはりついている。犬は寒くてふるえていた。

夜明け近くに雨は止んだ。犬はこわばったからだで、ぎくしゃくと立ち上がった。からだをふるうと、水しぶきがあたりに飛び散った。嵐《あらし》のように激《はげ》しい風はおさまっていた。今では、こずえのあたりを飛びまわる小鳥たちのさえずりも聞こえる。

犬がふたたび歩きだすうち、目の前の景色がひらけてきた。雨が木に残っていた葉を洗《あら》い流したようだ。草があざやかな緑色にかがやいている。犬は車のタイヤあとが残る細道を進んだ。くんくんとかいでみる。きりりと冷たいにおいがする。覚えのあるにおいだ。犬は地面に鼻をつけるようにして、においを追った。

目の前にキラキラと光るものが見えた。水が広がっている。知っている池だ。飼《か》い主のおばあさんといっしょに来たことがあった。おばあさんが枝《えだ》を水に投げると、泳いで取りに行ったものだった。犬は池に駆《か》けより、前足を水につけた。鼻面《はなづら》をつっこみ、頭をふるると、水しぶきが飛んだ。口をつけてがぶがぶ飲んだ。水がのどをすべり落ちていく。嬉《うれ》しくて嬉しくて、前足でぱしゃぱしゃ水をはね返した。水ぎわの散歩道を走った。疲《つか》れ果てたからだに、生きる力がよみがえったようだ。見ると、石の下に食べ残しの魚があった。ほとんど骨《ほね》だけだったが、食べ物の味がした。

犬は青草に横たわり、からだを伸《の》ばした。なつかしい太陽のぬくもりが、毛の奥《おく》に染《し》みこんでくる。犬は眠《ねむ》った。足をぴくぴく動かしながら。

目が覚めると、近くのサマーハウスに向かった。地面をかぐと、人間のにおいがした。犬はサマーハウスのまわりを何周かしてみた。食べ物を探《さが》していたのだ。ベランダの柵《さく》におしっこをかけて、自分のにおいをつけた。

小鳥のえさ場に食べ物がある。下からそれが見えた。えさ場は長い棒《ぼう》にとりつけてある。とびあがって、鼻でえさ場をつつこうとしてみる。何度も何度もジャンプした。とびあがってはからだをひねり、首を伸《の》ばすのだが、えさ場は高すぎる。今度は前足で棒を揺《ゆ》すってみた。パンのかけらがいくつか落ちてきた。犬はパンを一口で飲みこんだ。さらに揺すると、また芝生《しばふ》にパンくずが落ちてきて、えさ場は空っぽになった。

犬はサマーハウスのベランダに寝《ね》そべった。古い木のにおいを吸《す》いこむ。まぶたが重くなってきた。何だか風に乗って、おばあさんの声が聞こえるような気がした。くるりと丸まり、前足に鼻をうめると、大きくため息をついた。

サマーハウスには二日間いた。それからおなかがすいてがまんできなくなり、さらに森の奥《おく》に入っていった。

第一章

　目を開けたとたん、ヤーコブは何だかおかしいと気づいた。部屋の外が静かすぎるのだ。ブスターはいつも一番に目を覚ます。そのあとヤーコブの部屋の前に陣取《じんど》って、ヤーコブが起きるのをしんぼう強く待つ。ブスターはヤーコブが目を覚ました音を聞きつけ、ワンワン鳴いて、ドアをひっかく。なのに今朝は廊下《ろうか》から何の音もしない。ただただ静かだ。

　ヤーコブはベッドを出て、ドアを開けた。だがブスターはいない。廊下をぬけて、キッチンに入ってみた。ブスターがキッチンの入り口で倒《たお》れていた。口が半分開いている。目はうつろに見ひらかれていた。ヤーコブはドアノブをつかんだまま立ちすくんだ。恐怖《きょうふ》でからだが冷たくなった。

「ブスター」

　ヤーコブは声をかけてみた。

犬はぴくりとも動かない。

ヤーコブはドアノブから手を離《はな》し、ブスターの横にひざをついた。前足の間に手を入れて、胸《むね》に当ててみる。心臓《しんぞう》が動いていない。ブスターの頭をかかえ、揺《ゆ》すぶってみた。大きな声で名前を呼《よ》んだ。きっと起きてくれるだろうと思って。だが犬の頭はかかえられたままぐらぐら揺れるばかりだ。目はまったく動かない。

ヤーコブは思わず「うわああ！」と叫《さけ》んだ。

ブスターの頭が両手からすべり落ち、ごつんと音を立てて床《ゆか》にぶつかった。ヤーコブは犬のからだを抱《だ》いて、床に横になった。ほおを涙《なみだ》が流れ落ちる。まだぬくもりの残るからだをなでさすった。


ママとパパがキッチンに入ってきた。パパはまだパジャマ姿だ。ママは緑色のガウンを着ていた。二人は立ったまま、ヤーコブと犬を見つめていた。

ヤーコブの手が止まった。

「ブスターが死んじゃった」としゃくりあげながら、言った。

パパが犬の横にうずくまり、耳の後ろを触《さわ》ってみた。それから胸《むね》に手を当てた。

「もう手のほどこしようがないな」パパが言った。

ママはヤーコブの肩《かた》を抱《だ》きしめた。ママは泣いていた。

パパはブスターを抱き上げ、窓《まど》の下の毛布《もうふ》にそっと横たえた。それから身をかがめて、犬の毛皮にほおをよせた。薄《うす》いパジャマの下で、肩《かた》がふるえていた。

「獣医《じゅうい》さんに連れて行かないと」パパの声はうるんでいた。パパはキッチンを出た。そして着替《が》えるために寝室《しんしつ》へと階段《かいだん》を上がっていった。

パパがもどってきた時も、ヤーコブはキッチンの床《ゆか》にすわりこんだまま、犬を抱きかかえていた。

「獣医さんまでいっしょに行くか?」引き出しから車のキーを出して、パパがたずねた。

ヤーコブは首を横にふった。ブスターは死んだのだ。獣医さんの力でも生き返らせられない。

パパはブスターを小わきにかかえ、空いた手で玄関《げんかん》のドアを開けた。ブスターの前足がぶらぶらと揺《ゆ》れていた。まるでさよならと言っているようだった。

第二章

ヤーコブは「死ぬ」ということについて、いろいろ考えた。二年前に亡《な》くなったおじいちゃんのことも。ヤーコブは病院までおじいちゃんのお見舞《みま》いに行った。おじいちゃんは白いベッドに寝《ね》たきりで、自分ではからだも動かせなかった。そしてヤーコブがお見舞いに行く度にちぢんでいった。生きていると思えるのは、最後は目だけになってしまった。おじいちゃんが死んだ時、楽になれてよかった、と大人たちは言った。死神が優《やさ》しい手をさしのべてくれたとでも言うように。今度はその死神がブスターを連れて行った。池に飛びこんで、ヤーコブが投げた棒《ぼう》を追いかけていたブスターを。

――なんでブスターを連れて行っちゃったんだよ、死神？　病気なんかじゃなかったのに。

ヤーコブは心でブスターを探《さが》し求めた。何だか目の前に灰色《はいいろ》のヴェールが下りているようだ。紅葉《こうよう》した木々も、ヤーコブの目には入らない。空は曇《くも》りない青だ。窓《まど》の外の花壇《かだん》に生えた花だけが、首うなだれて枯《か》れている。悲しみが心にがっちりとりついている。どうしても消えてくれない。

二週間ほど後、パパが大きい茶色のつぼを持って帰ってきた。つぼにはブスターの灰が入っていた。家族は生《い》け垣《がき》のそばにある白バラの木の下に、灰をうめた。

「これでいつまでもそばにいてくれるのね」ママが言って、ハンカチで涙《なみだ》をぬぐった。

ブスターが死んで何週間かたったある日、学校で事件《じけん》が起こった。同じクラスのオーラが、サッカーの練習に行こうとさそってきたのだ。

「ぼく、行けない」ヤーコブは返事をした。

「なんでさ」オーラが目を丸くしてジロジロ見た。

ヤーコブは答えなかった。

「それってワンコが死んじゃったからか？　ワンコなんかのせいで、メソメソしやがって」オーラはバカにしたように言った。「新しいのを買やあいいじゃん」

ヤーコブの目の前が真っ暗になった。手が勝手に前に出て、オーラの顔の真ん中に当たった。オーラは怒《おこ》ってヤーコブの背中《せなか》にとびかかった。二人は地面を転がって、めちゃくちゃになぐりあった。運動場にいた生徒たちがかけつけてきた。そしてまわりをとりまいて、大声で応援《おうえん》した。ヤーコブの味方もいたが、オーラを応援する声のほうが多かった。


二人は校長室に呼《よ》ばれた。校長先生は大きな机《つくえ》の向こうにすわっていた。黒くて太いまゆ毛の校長先生。先生は怒っているようだった。椅子《いす》の上でふんぞり返り、おなかの上で手を組んでいた。二人を交代に見くらべる。

「何があったか言いなさい」校長先生は言った。

オーラは胸《むね》をはった。鼻の下に、鼻血がかわいたあとがついている。

「こいつがなぐりかかってきたんです」大きな態度《たいど》で言った。「サッカーの練習に行かないか、って聞いただけなのに」

「それはほんとうかい？」校長先生は机に身を乗り出した。人差し指で、眼鏡《めがね》を鼻の上に押《お》し上げる。

ヤーコブは目を伏《ふ》せた。机の前の床《ゆか》は、何人もの生徒がすわったあとなのか、椅子《いす》の脚《あし》でこすられた傷《きず》だらけだ。

「はい」ささやくように答えた。校長先生が聞き取れたかどうかあやしいほどの小声で。

「きみは行ってよろしい」校長先生はオーラに言った。

オーラは立ち上がり、ドアに向かった。

部屋の中は、しんとした。校庭の上をヘリコプターが低空飛行している。窓越《まどご》しに、プロペラが見えるほどだ。

「飼《か》っていた犬の話は、ご両親から聞いたよ」校長先生は言った。

「動物に死なれるのは、つらいことだ。だが人生が終わるわけではない。それに結局は、たかが犬じゃないか？」

ヤーコブの胸《むね》はつまりそうだった。

たかが犬？

顔をひきつらせないように、必死で目をしばしばさせる。ブスターは、たかが犬、なんかじゃない。生まれてからこれまでの中で、一番の友だちだった。

「ぼくも行っていいですか？」ヤーコブは聞いた。声がふるえていた。

「いいよ」校長先生は前のめりになって、ヤーコブに言い聞かせた。「ただ覚えておきなさい。時はどんな傷《きず》も、いつかは治してくれるものだ」

ヤーコブは、のろのろと校長室を出た。運動場をぬけて、校門を出る。そして坂道の上の家に帰った。

一か月がたった。ヤーコブは前に進もうとがんばってみた。けれども時は、校長先生が言ったようには傷を治してくれなかった。毎日毎日ブスターを思うと心が痛《いた》んだ。キッチンに入ると、隅《すみ》っこの緑色の毛布《もうふ》が見える。パパがずっと前に地下室にしまいこんだのはわかっているのに。いつも冷蔵庫《れいぞうこ》の横にあった、ピカピカの金属製《きんぞくせい》のえさ入れも見える。それだって、ママがとっくに戸棚《とだな》の奥《おく》に押《お》しこんでしまったのに。テーブルで食事していると、いつの間にかそばのブスターをなでてやろうと、手を伸《の》ばしてしまう。目が覚めると、ドアの向こうできゅんきゅん鳴くブスターの声が聞こえる。

「ぼくはもう、一生楽しい気持ちになんかなれないや」ヤーコブがこっそり言いながらため息をつくと、そのため息の重さに、ママが思わずコンロの前でふり返り、心配そうにヤーコブを見つめるのだった。

夜になってベッドに入ると、パパとママが話し合う声が聞こえた。パパが二階の子ども部屋に入ってきて、ベッドわきに腰《こし》を下ろした。パパはヤーコブの髪《かみ》の毛をくしゃくしゃとかきまぜ、ほおをなでてくれた。

「ママと話し合って、新しい犬を飼《か》うことにしたよ」パパはそう言うと、ヤーコブを見た。悲しそうな顔にほほえみが浮《う》かぶのを期待している。

ヤーコブは身じろぎもしない。

「新しいブスターだ」パパは言った。

ヤーコブは全身に怒《いか》りがこみあげるのを感じた。唇《くちびる》をかみしめすぎて、血の味がしてきた。よくそんなことが言えるものだ。

――新しいブスター、だって？　大人って、すぐになんでも忘《わす》れてしまえるんだな。ぼくは新しいブスターなんて、ぜったいにいらない。

「新しい犬なんてほしくない」ヤーコブは言って、こぶしで壁《かべ》をなぐりつけた。肩《かた》までしびれるほどきつく。それから布団《ふとん》を頭まですっぽりかぶった。パパなんか、出て行って。これ以上バカなことを言ってほしくない。

パパは手を伸《の》ばして、ベッドの上の電気を消した。

「ママもパパも、おまえが喜《よろこ》んでくれると思ったんだがな」

声にがっかりした気持ちが染《し》み出しているのがわかった。

パパは立ち上がり、ドアに向かった。

ヤーコブの胸《むね》はしめつけられるようだった。

――二度と犬を飼《か》ったりするものか。ぜったいに。

第三章

もうすぐ夏休みだ。北欧《ほくおう》のノルウェーでは、日の沈《しず》む時間がどんどん遅《おそ》くなり、木々は新緑の衣装《いしょう》をまとった。ママはベランダのプランターいっぱいに花を植えた。雨が降《ふ》らない日は、バルコニーのテーブルで食事をした。けれどもヤーコブは、たいてい家にこもっていた。パソコンの前にすわってゲームをするか、ベッドで居眠《いねむ》りをする。するとブスターの夢《ゆめ》を見た。目が覚めると、手を伸《の》ばしてブスターをなでようとする。そして何秒かたって、ブスターはもうこの世にいないのだと、ようやく思い出すのだった。

一家はクナルビーカのサマーハウスですごす予定になっていた。パパが両親から相続した小さい家で、もともとの持ち主のおじいちゃんとおばあちゃんは、スペインにマンションを買って移住《いじゅう》した。ヤーコブはサマーハウスが大好きだった。何と言ってもユリエに会えるのが、最高に嬉《うれ》しい。ユリエはサマーハウスから、そう遠くないところに住んでいる。ヤーコブより一つ年上だが、決して姉さんぶったりしない。

「あたし、親友のカリアンネより、ヤーコブのほうが好きだからね」去年の夏、さよならした時に、ユリエはそう言った。ヤーコブは後ろに髪《かみ》をなでつけ、嬉しさにほおがゆるむのを見られないよう、少し顔をそむけた。

「ユリエだってなかなかいいよ」ヤーコブは答えながら、地面を見つめた。

「女の子としては、って意味だけど」と付け加えた。

サマーハウスに向かう車に乗った時、ユリエはブスターが死んだのを知らないんだ、とヤーコブは思い出した。その話をするのが、こわかった。ただ、同じように悲しんでくれる人がいると思えるのは、嬉しかった。ユリエはバカなことを言わない。たとえば、ブスターがたかが犬だ、なんてことは。新しい犬を飼《か》えばいい、なんてことも。ユリエなら、この気持ちをわかってくれる。ぼくと同じくらいブスターのことを大好きだったんだもの。

パパが、白いサマーハウスの前に車をとめた。太陽は沈《しず》み始めたところだ。海に低く射《さ》す光がきらめいている。パパはヤーコブにかぎをわたした。ヤーコブがいつも真っ先に家に入り、何も変わったところがないかたしかめる役目なのだ。去年からずっとしめっぱなしだった家の、むっとホコリくさいにおいを感じる。窓《まど》を全部開け放し、家に新しくいのちを吹《ふ》きこんでやろう。

みんなで車庫をかたづけた。パパが冷蔵庫《れいぞうこ》に食料品を運びこみ、ママが清潔《せいけつ》な寝具《しんぐ》をベッドに広げる。

「ちょっとユリエのところに行ってくるね」ヤーコブは言って、去年からしめたままだった物置から、自転車を引き出した。タイヤがぺちゃんこだ。ポンプで空気を入れて、雑巾《ぞうきん》でサドルをふいた。それから自転車に乗って、サマーハウスから住宅地《じゅうたくち》に向かった。ユリエの家の前にすべりこむ。窓のカーテンがしまっていた。ヤーコブはドアをノックしたが、だれも出てこない。都会のおじいちゃんとおばあちゃんをたずねているのかもしれない。

12

家に帰る途中《とちゅう》、遊び小屋により道した。去年サマーハウスの下の斜面《しゃめん》に、ユリエと二人でこしらえた小屋だ。まだ完成にはほど遠い。小屋は太いトウヒの木の幹《みき》のまわりに建ててあった。二人で板を打ちつけて壁《かべ》にし、外を見られるように小さい窓《まど》も作った。ヤーコブは小屋にもぐりこみ、土のままの床《ゆか》にすわった。二人が連絡《れんらく》用に使う木の穴《あな》から何かが突《つ》き出ていた。出してみると、ビニール袋《ぶくろ》に入った手紙だった。

ヤーコブへ
イタリア旅行に出ています。でもすぐに帰ります。小屋の工事を進めるのが楽しみです。ブスターにキスとハグを。じゃあね、ユリエ。

びんせんの下に小さい犬の絵があって、たくさんの赤いハートでかこんであった。ハートの一つには、英語で、アイ・ラブ・ユーと書いてある。ユリエが帰ってきた時に話さないといけない悲しいニュースを思い出し、ヤーコブの胸《むね》がズキンと痛《いた》んだ。

ヤーコブは小屋の中を見まわした。

そうだ。二人ですわれるようなベンチを作ろう。物置に、材料がないかどうか見に行った。廃材《はいざい》の中に木の空き箱が二つ見つかった。上に板材を何枚《なんまい》か釘《くぎ》でつければ、ベンチの形になるだろう。

その夜ベッドに入ったヤーコブは、今日は何時間もブスターのことを考えなかったと気づいた。何だか死んだ犬を裏切《うらぎ》ったような思いがした。

第四章

ヤーコブは作業を開始した。二つの空き箱は高さがちがい、片方《かたほう》を少し切りちぢめないと、シーソーにすわるみたいで、落ち着かない。ヤーコブはものさしを使って、きちんと長さをはかり、鉛筆《えんぴつ》でしるしをつけた。それからのこぎりで切り始める。おがくずが散って、地面に黄色いカーペットができた。おがくずは足にもへばりついて、かゆくなった。太陽がむき出しの首筋《くびすじ》にじりじりと照りつける。二つの箱が同じ高さになるまで、何度もはかりなおし、切り直した。

ようやく出来上がったので、ベンチを小屋の中に運んだ。まあまあうまくいった。ただし片側《かたがわ》がまだ少し低い。下に木切れをかませてみた。ベンチに腰《こし》かけ、いい仕上がりだと満足した。もしかしたら、ユリエがイタリアから帰る前に、テーブルも完成させられるかもしれない。

鳩《はと》が一羽、頭の真上で大声で鳴いた。そして白いものをベンチに落とした。

ヤーコブは顔を上げた。雨が降《ふ》っても小屋にいられるように、屋根を作ったほうがいいかもしれない。

小屋の中はがまんできないほど暑い。汗《あせ》が背筋《せすじ》をつたって、ズボンの下まで流れこんだ。海水浴場からどなり声や笑い声が聞こえる。ヤーコブは小屋を出て、岩の間から海岸の様子を見た。いつだったか栈橋《さんばし》から、ヨーが友だちといっしょに騒《さわ》いでいる。ヤーコブはヨーが苦手だ。いつだったか桟橋から、ブスターを海に投げこんだ。かわいそうなブスター。濡《ぬ》れるのが大嫌《だいきら》いなのに。ブスターは海岸まで泳ぎ着くと、一目散に森に逃《に》げこんだ。その日は何時間ももどらなかった。ヤーコブはブスターの名前を呼《よ》びながら、一日中探《さが》しまわった。

水は気持ちよさそうだが、ヨーがいるかぎり海岸へ下りていきたくなかった。行ったらきっとブスターはどうしてると聞いてくるに決まっているし、ヨーにはブスターが死んだことを知られたくなかった。あいつは犬のことなんかわかっていない。ブスターのことをバカワンコなんて呼んだのだ。犬が最高の友だちにだってなれることが、まったくわかっていない。ブスターが死んだなんて話したら、きっと大笑いするだろうと思うと、嫌《いや》な気持ちになった。

間もなくユリエが帰ってくる。ユリエはずけずけものを言う。ヨーが意地悪だった時、やりこめてくれた。「能《のう》なしの大口たたき、ってことわざがあるの、知ってる?」なんて、平気な顔で言ってのける。そして腰《こし》に手を当て、虫眼鏡《むしめがね》でないと見えないようなちっぽけな虫でも見るような目で、ヨーをにらみつける。ユリエは気の利いた言葉を集めている。小さいノートに書き留《と》めておくのだ。少なくとも五十個《ごじゅっこ》はある。ヨーはユリエのきつい言葉を聞くと、時々ビビる。何でもないふりはするけれども、目が泳いでいるのが見え見えだ。ヨーは自分より小さい相手、弱い相手だけをいじめる。ヨーをこわがる相手を。たとえばヤーコブみたいなちびすけを。だけどブスターがそばにいれば、ヤーコブだってヨーなんかこわくない。ブスターはヨーに桟橋《さんばし》から落とされたことを、決して忘《わす》れなかった。ヨーを見る度に、頭を低くかまえ、上唇《うわくちびる》から歯をむき出して、うなった。

ヤーコブはとぼとぼと小屋にもどった。やっぱりテーブルを作ってしまおう。

適当《てきとう》な空き箱でもないかと、自転車でスーパーまで行ってみた。そのあと物置で、戸棚《とだな》の裏《うら》板だった大きな板を見つけた。それをのこぎりで切って、箱二つの上に乗せた。すごくかっこいいテーブルになった。ママがベンチ用にクッションを二つと、花を生けられるように大きなコップをくれた。

ヤーコブは暗くなるまで小屋にいた。そしていつまでも暮《く》れない白夜をながめた。フクロウが一羽、遠くでホーと鳴いた。茂《しげ》みがガサガサと音を立てる。背中《せなか》がぞくっと寒くなった。ブスターがいてくれればいいのに。ぴったりとより添《そ》ってほしい。胸《むね》の奥《おく》で打つ心臓《しんぞう》を感じたい。でもブスターの心臓は、もう二度と打つことがないのだった。

第五章

ヤーコブは、はっと目覚めた。窓《まど》の外に聞こえたかんだかい音で目が覚めたのだ。目覚まし時計の夜光針《ばり》に目をやる。三時一〇分だ。ベッドに身を起こし、闇《やみ》に耳をすます。夢《ゆめ》だったのかな？　いや、また同じ音が聞こえた。犬の鳴き声だ。ブスターにそっくりな声。転がるようにベッドを下り、窓辺《まどべ》に駆《か》けよって、カーテンを引き開けた。

庭のせまい芝生《しばふ》に、犬がいっぴきすわっていた。じっと静かにすわって、ヤーコブがいる窓辺《まどべ》を見上げている。姿《すがた》かたちはブスターにちっとも似《に》ていなかった。毛は黒と白だ。ブスターのような金色のかがやきはない。見知らぬ犬は、鼻先がとがり、耳もぴんと立っていた。ブスターのように、長い、なめらかでやわらかい耳ではない。毛もぼさぼさだ。やせこけて、白い前足の先は汚《よご》れていた。みっともない犬だ、とヤーコブは思った。

ヤーコブは窓《まど》を開けた。「あっち、行け！」ときつい声でどなった。腕《うで》を大きくふって、追《お》い払《はら》おうとした。犬は動かない。顔を上げたまま、窓のヤーコブを見上げていた。月の光が芝生《しばふ》を照らし、犬の白い前足を灰色《はいいろ》がかった青色に染めた。

それから犬は首をそらして、遠吠《とおぼ》えをした。ヤーコブにはあごの下の白い部分が見えた。それから犬はさっと後ろを向いた。しっぽが背中《せなか》の上でくるりと丸まっている。そのまま犬は芝生をすべるように歩き、木立に消えた。

ヤーコブは立ったまま、犬を見送った。またもどってくるだろうか？　ふと、今のは全部夢《ゆめ》だったのではないかと思った。見たと思ったのは、ほんとうの犬ではなかったのかもしれない。ヤーコブはベッドにもどった。ブスターを思っているうちに、眠《ねむ》りに落ちた。

「ゆうべ、犬の声を聞いた？」朝食をとりながら、ヤーコブはたずねた。

「どこの犬のこと？」ママが聞いた。ヤーコブの前にすわって、ミルクを注いでいるところだった。

「ゆうべ芝生に犬がいたんだ。鳴いたり、遠吠えしたりしていたよ。すっごくみっともない犬だった」

「何も聞こえなかったわ」ママが言った。

「夢でも見たんだろう」パパが言った。「夜中に犬を外に出す人なんかいないよ」


雨が降《ふ》りだした。ヤーコブはレインコートを着て、長ぐつをはいた。外に出て、犬が来ていたしるしを見つけたいと思ったのだ。

ヤーコブは犬がいた場所を調べた。芝生には何もあとがなかった。そこから犬が姿《すがた》を消した方向をたどっていった。歩くうちに森のふちを横切って、岩地についた。岩はつるつるですべりやすい。落ちないように、時々はうようにして進むしかなかった。岩の上から海をながめるが、今日は海岸に人の姿がない。遠く岬《みさき》のほうで、男の人がひとりで釣《つ》りをしていた。すべりやすい岩地をのぼっていくのは、骨《ほね》が折れる。背《せ》の低い松の木が、岩の間に何本も根をはっている。岩の間から、なめらかな水面のきらめきが見える。丘《おか》の上に黄色い家がある。白い家ばかりの中で、たった一軒《いっけん》の黄色い家だ。あの黒犬のいる気配はどこにもない。ひょっとしたら、あの犬は幽霊《ゆうれい》だったんだろうか。この世とあの世をふわふわと行き来する、おばけ犬だったのかもしれない。

お昼を食べたあと、自分の小屋に行った。ヤーコブはひとりになって考えごとをするのが好きだ。でも今考えるのはブスターのことだった。思わず笑えてくる時もあった。たとえば、パパとブスターが釣《つ》りに行った時のこと。パパは大物を釣《つ》り上げた。けれどもちょっとであみに入りかけたとたん、魚が釣り針《ばり》からはずれて、水にぽちゃんと落ちた。するとブスターがたちまち水に入ってとびかかり、魚をくわえて陸にもどってきた。ふだんはあんなに水を嫌《いや》がっていたのに。ブスターって、そんなやつだったよな。世界一かしこい犬だった。そうヤーコブは思い出にふけった。

後ろの木の幹《みき》に頭をもたせかけた。目をとじると、ヤーコブには、元気だった時のブスターの姿《すがた》が見えた。かしこそうな目をして、嬉《うれ》しいとしっぽをぶんぶんふるブスターが。

突然《とつぜん》、ブスターが目の前にいるような気がした。目を開けて、ぎょっとした。戸口にあの黒い犬がいたのだ。ヤーコブをじっと見ている。それから小屋の中に足を踏《ふ》み入れたと思うと、テーブルにあったパンをぱくりとくわえた。

ヤーコブはとびあがった。そしてキックをくらわせた。くつが犬の横腹《よこばら》を直《ちょく》撃《げき》した。

犬はキャン！と悲鳴を上げた。

「行っちまえ！」ヤーコブはどなった。涙《なみだ》がぽろぽろこぼれた。

犬はくるりとふり返り、走り去った。あとには床《ゆか》にパンがぽつんと残されていた。

ヤーコブはぺたりと腰《こし》を落とした。全身ががたがたふるえている。黒い犬を見て、かっとなってしまったのだ。まだ犬を蹴《け》った感覚が、足に残っていた。本物の犬だった。幽霊なんかじゃなかった。

第六章

ヤーコブは歯をみがき、パジャマに着替えた。椅子《いす》を窓《まど》ぎわに運んで、庭を見る。あの犬は今夜も来るだろうか。外はそろそろ暗くなってきた。空は雲がたれこめて、灰色《はいいろ》だ。鳥が一羽静かに舞《ま》い降《お》り、木立の中に消えた。ベランダ前の花壇《だん》には、真っ黄色のキンバイソウがてらてらと光っている。キンバイソウは妖怪《ようかい》のトロルが歩いたあとに生えるのだ。そういう話を聞いたことがある。

長い間椅子にすわって、庭をながめていた。まぶたが重くなってきたので、犬がもどったら気がつくように、ヤーコブは窓を開け放した。それからベッドにもぐりこんで、眠《ねむ》った。

次の朝は早くに目が覚めた。窓辺《まどべ》に近よる。黄色い太陽がのぼりかけていた。太陽はのぼったあとも、赤いしっぽをひきずっていた。芝生には犬の影も見えない。鳴き声もまったく聞こえなかった。やっぱりもどってこなかったのだと思うと、がっかりしてつらかった。どうせ来てほしいなんて思ってなかったくせに。ブスターの代わりになんかなってほしくなかったのだから。もしも来たって、追い返したに決まっていたから。

ヤーコブはこっそりと階段《かいだん》を下りた。ママもパパもまだ眠《ねむ》っている。ベランダの戸を開けると、庭に出た。はだしで踏《ふ》む芝生《しばふ》は、濡《ぬ》れていた。

歩いて行くと、芝生に一すじ道ができた。庭中を調べてみた。するとプラムの木の下に、犬のふんがあった。ヤーコブは枝《えだ》を拾って、ふんを押《お》してみた。やわらかい。ということは、ゆうべ犬は庭に来たのだ。朝食のあと、もう一度探《さが》してみよう。

もしかしたら、湾《わん》近くにあるキャンプ場のだれかが飼《か》っている犬かもしれない。

ヤーコブは、曲がりくねった坂道をのぼっていった。左右を見ながら進む。道路の交通量は少ない。坂の下にキャンプ場を示《しめ》す白い看板《かんばん》が見える。何度か、前方に黒っぽい影《かげ》が見えたような気がしたが、すぐに消えてしまったので、ほんとうに見たかどうか自信はなかった。

ヤーコブは、丘《おか》の上のあの黄色い家の前で、足を止めた。たしかおばあさんがひとりで住んでいたっけ。晴れた日にはパラソルの下で、デッキチェアにすわっていた。読んでいる本から目を上げて、自転車で通《とお》りすぎるヤーコブに手をふってくれたこともあった。庭をのぞきこんでみる。パラソルはとじていた。デッキチェアは横倒《よこだお》しになっている。窓《まど》はどれも暗い。留守《るす》なんだな、とヤーコブは思った。

ヤーコブは石に腰《こし》を下ろして、海をながめた。光がチカチカして、目が痛《いた》くなる。ユリエがいなくてさびしい。早く帰ってくればいいのに。またブスターのことを考える。そばにぴったりより添《そ》い、ほおをなめてくれるザラザラの舌《した》を感じる。顔中フンフン熱心にかぎまわる鼻も。犬がいれば、いつも友だちがそばにいてくれるような気になる。

ヤーコブはぶらぶらと家にもどった。ママが初もののラズベリーをつんでいた。

シミだらけの大きな帽子《ぼうし》をかぶって、サングラスをかけている。ヤーコブは芝生《しばふ》に横になった。ママはヤーコブを見て、言った。「どうして海まで泳ぎに行かないの？　お友だちに会えばいいのに」

友だちなんかいないよ、とヤーコブは思った。友だちはユリエだけ。そしてユリエは今イタリアだ。

ママにまた何か言われる前に、ヤーコブは家に入ってテレビゲームをした。

夜になると、コミック「ファントム」の雑誌《ざっし》一箱と、懐中《かいちゅう》電灯と、サンドイッチを持って、小屋に出かけた。小屋の中は暗い。懐中電灯で雑誌を照らしながら、パンをかじった。うとうとして、電灯の先が下がってくる。太ももに電球のぬくもりを感じる。ひとりではない気がする。はっとして目を上げた。あの黒い犬が入り口にいた。暗闇《くらやみ》の中でも白い前足と鼻のまわりの白い部分が見える。

ヤーコブはゆっくりと立ち上がった。人間と犬はにらみあった。どちらも身じろぎもしない。やがてヤーコブが一歩前に出た。犬は耳をぺたりと後ろに寝《ね》かし、うなった。ヤーコブはそのまま動かずにいた。すると犬は首をふったと思うと、くるりと後ろを向いて、逃《に》げていった。ヤーコブはあとを追いかけた。懐中電灯でまわりを照らしてみたが、もう犬の姿《すがた》はなかった。頭の中で思いがぐるぐるまわってまとまらない。夜なのに、あの犬はなぜ外に出ているのだろう。飼《か》い主がいないのか？　なぜよりによって、この小屋に来たのだろう。

蹴《け》ったりして悪かった、とヤーコブはくやんだ。食べ物を少し置いといてやろう。きっとおなかをすかせているはずだ。

家に帰って、厚《あつ》く切ったパンにレバーペーストを塗《ぬ》った。それから小さいおわんに水を入れて、小屋に運んだ。テーブルにパンを、床《ゆか》におわんを置いた。また家に帰ると、子ども部屋の窓《まど》を大きく開け放った。

その夜ヤーコブはあの犬の夢《ゆめ》を見た。あの犬が芝生をこちらに向かって走ってくる夢だ。白い前足が夜の闇の中に光っている。ヤーコブはかがんで犬をなでてやった。すると犬の顔がブスターになっているのに気づいたのだった。

eple 2
mel
Smør
Salt

第七章

ヤーコブはパジャマのまま、小屋まで走った。パンはなくなっていた。水のおわんも空だ。花びんがひっくり返って、しおれた花が散らばっていた。明るい色のテーブルに、水の黒いシミができている。小屋に入りこんだものがいる。キツネかアナグマの可能性《かのうせい》もあるが、いや、きっとあの犬だ、とヤーコブは信じていた。

ヤーコブは急いで家にもどった。いるとしたら、飼《か》い主を見つけなければ。どこかで飼われているかどうか、突《つ》き止めなければ。

「どこに行くの？」庭に出たところで、ママに聞かれた。リュックにはレバーペーストを塗《ぬ》ったパンと、ペットボトルの水が入っている。

「海岸まで」ヤーコブは答えた。

「水泳パンツは持っていかないの？」ママが物干《ものほ》しロープを指さしてたずねた。

ヤーコブは水泳パンツをはずして、リュックにつっこんだ。「行ってきまあす」

ママはぼんやりと、息子を見送った。

ヤーコブは海岸につづく細道を下りていった。だがママに見えないところまで行くと、細道をはずれて大きな道路へと向かった。キャンプ場に行って、あの犬を知っている人を探《さが》すつもりだ。暑い。背筋《せすじ》のあたりがかゆくなる。きつい坂を上っていくには、リュックが重すぎた。

黄色い家の前でいったん足を止め、庭をのぞいた。郵便受《ゆうびんう》けに新聞や手紙がぎゅうぎゅうづめになっている。おばあさんはまだ旅行中なのか。

道路のカーブを曲がると、その下はキャンプ場だ。ヤーコブは海浜《かいひん》キャンプ場の看板《かんばん》の前を通って、ゲートをくぐった。キャンピングカーとテントの間を縫《ぬ》うようにして、犬を探した。一台のキャンピングカーの前で老年の夫婦《ふうふ》が朝食を取っていた。

「耳のとがった、黒い犬を見かけませんでしたか?」ヤーコブはたずねた。

おじいさんはあごをさすりながら、思い出そうとした。「そういえば、二日ほど前に、犬がいっぴきうろついていたな。外で歯をみがいていた時に見かけたよ」

「灰色《はいいろ》でしょ」奥《おく》さんが口をはさんだ。「黒じゃなかった。それに耳もとがってなくて、たれていたわ」それから奥さんはヤーコブと目を合わせた。「飼《か》い主がちゃんと世話をしていないの」そういうと、ヤーコブの後ろの緑色のテントを指さした。「しょっちゅうこのあたりをうろついているのよ」怒《おこ》った顔で言った。

「ゆうべなんか、あのワン公はどこかの車からカツレツを盗《ぬす》んだの。だから今はつながれているわ」

ヤーコブはキャンプ場をもう少しまわってみた。カツレツを盗んだ犬は、緑色のテント前につながれていた。犬は力のない目でヤーコブを見やり、芝生《しばふ》で長々と伸びをした。

ヤーコブはさらに探した。テントやキャンピングカーの外につながれている犬は、あと何びきもいた。だがどの犬も耳はとがっていず、前足も白くなかった。

最後にヤーコブは管理事務所《かんりじむしょ》に行き、犬を探《さが》していると言った。

「ぼうやの犬かい？」管理人は聞いた。海浜《かいひん》キャンプ場とプリントした、白いTシャツを着て、サングラスをひもで首にかけていた。

ヤーコブはためらったあと、「はい」と言った。

「犬はつないでもらわないと困《こま》るよ」管理人の声はきびしかった。「決まりなんだから」

「逃《に》げたんです」ヤーコブは言った。

「鑑札《かんさつ》をつけてる？」管理人が質問《しつもん》した。

「いいえ。首輪をつけてなかったから」

管理人は紙とペンを出し、ヤーコブの電話番号を書き留《と》めた。「犬の名前は？」

ヤーコブは返事ができない。きょろきょろと事務所の中を見まわした。大きなロナウドのポスターに目がとまった。「ロナウド」ヤーコブは言った。

管理人は目を上げ、ペンでポスターをさした。納得《なっとく》したようにうなずいた。

「世界一のサッカー選手の名前をもらったんだな」

「ふだんはロニーと呼《よ》んでます」ヤーコブは言った。「耳がとがって、前足が白い黒犬です」

「見つけたら電話するよ」管理人は言った。

ヤーコブはありがとうと言って、事務所を出た。

夜になるとヤーコブは小屋の中で待った。パンと水も運んできていた。犬は来なかった。だが朝になると、パンは消え、水もなくなっていた。

第八章

ヤーコブは毎晩《まいばん》テーブルにパンを置き、おわんに水を入れた。犬が来ないかと、心待ちにしていたのだ。毎朝パンは消え、おわんも空になっていた。だが犬は姿《すがた》を現《あらわ》さなかった。ヤーコブが小屋にいる間は来ないつもりらしい。裏《うら》をかこう。食べ物を取りに来た時にその場でつかまえるのだ。

「今夜は小屋に泊《と》まってもいい？」昼食をとりながら、ヤーコブはパパに聞いた。パパは若《わか》い時にボーイスカウトの指導員《しどういん》だったことがある。野外で寝《ね》る訓練は、どんな子どもの成長にも役に立つ、というのがパパの考えだ。そうすれば、ある意味大自然のふところの深さを経験《けいけん》できるから、と言うのだ。生きとし生けるものは、だれもが大きいジグソーパズルの、小さい一ピースなんだ、とパパはフォークをふり上げて力説した。世界がジグソーパズルだという考えを、ヤーコブは気に入った。そして自分がその一ピースだということも。

ヤーコブは寝袋《ねぶくろ》とキャンプ用マットを小屋に運びこんだ。テーブルの前に寝袋を広げる。去年までブスターが寝そべっていた隅《すみ》に、つい目が行く。今までほんとうにひとりきりで寝たことはなかった。いつもそばにブスターがいたから。リュックを開けて、パンを取り出す。それをテーブルに乗せ、おわんにペットボトルの水を注いだ。それから寝袋にもぐりこみ、目をとじる。外の音に耳をすます。森のざわめきが、町からの音とまじりあう。茂《しげ》みがガサガサと鳴る音は、まるでだれかが小屋のまわりを忍《しの》び歩いているようだ。心臓《しんぞう》がドキドキとあばら骨《ぼね》に当たるような気がする。風がただ木の葉を騒《さわ》がせているだけだ、と自分に言い聞かせる。ヤーコブは寝袋に深くもぐりこみ、やがて眠《ねむ》ってしまった。

突然《とつぜん》目が覚めた。ほおに、チョウチョウがはためくような、かすかな風が当たる。おずおずと片目《かため》を開けてみた。あの黒犬が首を伸《の》ばして、ヤーコブのにおいをかいでいるのだった。濡《ぬ》れた鼻先からのわずかな空気の動きが、ほおに当たる。胸《むね》に犬のからだのぬくもりが伝わってくる。驚《おどろ》かせて逃《に》げられたくないので、じっと動かないでいた。

犬は首を上げ、とがった耳を後ろに寝《ね》かせた。外から何か音が聞こえたのだろう。それから犬は、ヤーコブのもぐっている寝袋《ねぶくろ》を美しい仕草でとびこえると、パンをくわえ、小屋の外に消えた。

ヤーコブは入り口まで移動《いどう》し、外をのぞいた。月が空高くにかかっている。雲がいくつか、月の顔の前をただよいすぎた。犬は影《かげ》も形もなかった。ヤーコブは犬がまたもどってこないかと、しばらくすわったままでいた。

第九章

次の朝ヤーコブはいつものようにリュックに荷物を詰《つ》めた。あの正体不明の犬を、何としても見つけようという心づもりだ。

「どこに行くの？」ママが聞いた。

「売店にアイスを買いに」ヤーコブは答えた。

「ユリエはいつ帰ってくるの？」

「土曜日だよ」

「楽しくなるわね」ママは言うと、キッチンの棚《たな》にある小銭用《こぜによう》の箱を開け、いくつか持たせてくれた。「アイスを買いなさい」ママはそう言って、ほっぺたをなでた。

ヤーコブは自転車を道路まで引き出し、売店までゆっくりと坂道を下っていった。両側に油断《ゆだん》なく目を配る。そのままスーパーまで、さらに国道沿《こくどうぞ》いの環状《かんじょう》交差点まで自転車を走らせた。それから同じ道をもどった。バス停を通りすぎた時、とうとう見つけた。あの犬が柵《さく》の後ろにかくれるようにしてすわっていた。ヤーコブは自転車を倒《たお》し、こっそりとバス停に近づいた。だが手を伸《の》ばした時には、犬は消えていた。

自転車を押《お》して急な坂を上《のぼ》る。サッカーグラウンド横で、また犬を見つけた。くるりと巻《ま》いた、先の白いしっぽがちらりと見えたと思った時、犬は森にもぐってしまっていた。まるで犬のほうがヤーコブを見はっているみたいだ。ヤーコブがどこにいるのか、すっかりお見通しのように思える。

ようやくてっぺんにたどり着いた時には、全身汗《あせ》だくだった。サマーハウスの間の小道に、自転車をこいで入っていく。犬の姿《すがた》はどこにもない。ヤーコブは黄色い家のフェンスわきに自転車をとめた。道をわたって石の上に腰《こし》かける。シャツをしぼり、胸《むね》の汗をふいた。太陽の光が模様《もよう》を作る海をながめる。モーターつきの漁船が一せき、水平線へと向かっていく。海と空がひとつになる線にまで達したら、漁船は世界のはしっこから落ちて、何もないところに消えていくのかも、などと考える。でもヤーコブは地球が丸いことを知っている。ボールみたいに丸いのだ。はしっこなんてどこにもないのだ。

あの犬にはうんざりしてきた。もうこれ以上かくれんぼなんかしたくない。来たくなったら来るだろう。たとえばおなかがすいた時に。

ヤーコブは立ち上がり、道をわたって自転車を取りに行った。おばあさんは旅行から帰ってきたかと、黄色い家のフェンスをのぞきこむ。とたんにぎくりとして、片手《かたて》を自転車のハンドルに、もうひとつの手をサドルに置いたまま、こおりついた。あの犬が玄関《げんかん》の踏《ふ》み段《だん》で、頭を前足に乗せて丸くなっていたのだ。

ヤーコブは立ちつくしたまま、犬を見つめた。それから音を立てないように門を開け、中に入った。一歩また一歩と踏み段に近づいていく。犬が警戒《けいかい》するようにヤーコブを見た。ヤーコブはおだやかな声で話しかけた。そのまま踏み段までたどり着いたが、犬は逃《に》げようとしなかった。ヤーコブは一番下の段に腰を下ろした。片手をさしのべてみる。犬は手のにおいをかいだ。ヤーコブは、相変わらずおだやかな声で話しかけながら、犬のからだをなでた。それからゆっくりとし

た動作でリュックを開けた。パンを取り出し、踏《ふ》み段《だん》の、犬のそばに置く。犬はパンのにおいをかぎ、一口で飲みこむと、パンくずが残っていないかと、熱心に踏み段をかぎまわった。赤く長い舌《した》で、口のまわりをぺろぺろなめ、どさりとうつぶせに寝《ね》そべり、前足に頭を乗せた。毛がもつれてぼさぼさだ。背中《せなか》と顔と耳が黒い。前足は付け根まで白い。胸《むね》の白い部分は先細りになって、黒い部分に飲みこまれていく。

しばらくすると、犬は立ち上がった。足早に進み、途中《とちゅう》ゴミ箱におしっこをかけた。それから門を出て、姿《すがた》を消した。

ヤーコブは水泳パンツを取りに、家まで自転車を走らせた。顔がほころんでくる。犬は、触《さわ》らせてくれ、なでさせてくれた。たいした進歩だ。特別扱《あつか》いされたという気分になった。

海岸は人でいっぱいだったが、幸いヨーと子分たちはいないようだ。代わりに、キャンピングカーで来ているクリステルとマーヤを見かけた。ヤーコブは何年も前から二人を知っている。

二人の家のキャンピングカーは、年中同じ場所に置いてある。ふだんはスウェーデンに住んでいるが、夏休みの間だけ、この海浜《かいひん》キャンプ場にもどってくる。

クリステルは芝生《しばふ》でバレーボールをしていた。マーヤは毛布《もうふ》にすわっている。ヤーコブに手まねきすると、マーヤはわきにずれて、場所を空けてくれた。茶色の長い髪《かみ》は濡《ぬ》れている。腕《うで》には鳥肌《とりはだ》がたっていた。

「水はどんな具合?」ヤーコブが聞いた。

「つ、つめたい」マーヤは歯をガチガチ鳴らしながら答えた。

ヤーコブは着替《きが》え、水辺まで駆《か》けていった。水は冷たくてさわやかで、気持ちよかった。力強く水をかいて、浮《う》き桟橋《さんばし》に向かった。上にあお向けに寝《ね》そべる。いいかげんに足でばしゃばしゃ水を蹴《け》った。太陽が照りつけてくる。

また岸にもどって、ヤーコブがからだをふいていると、「ブスターはどこなの？」とマーヤが聞いた。ブスターはかならず海岸までついてきていた。いつも岩陰《いわかげ》にすわって、子どもたちを目で追っていた。自分から水に入ろうとはしなかったけれど。

ヤーコブはタオルを置いて、砂浜《すなはま》にぺたりと正座《せいざ》した。砂をひとつかみ握《にぎ》り、指の間を落ちるにまかせた。ヤーコブはブスターが死んだ話をした。

「まあ」マーヤは言った。急にかゆくなったように、日に焼けた腕をかきむしった。「さびしくなるね。あんなにいい子だったのに」

ヤーコブはうなずいた。ブスターを失った悲しみが、身をつらぬいた。見知らぬ犬にかまけていたために、ブスターをしばらく忘《わす》れていたのだ。裏切《うらぎ》り者《もの》になったような気分だった。

「新しい犬を飼《か》うの？」マーヤが聞いた。

「ううん」ヤーコブは目を伏《ふ》せた。

「つらいね」マーヤは言った。「とってもいいコンビだったのに」

第十章

　夜になると、ヤーコブは犬が来ないかと、ドキドキしながら待った。えさも水も用意した。寝袋《ねぶくろ》はテーブルの横にセットしてある。ブスターの使っていた毛布《もうふ》も運んできて、隅《すみ》に敷《し》いた。

　しばらくすると、犬がこっそりやってきた。入り口で足を止め、ヤーコブを見つめた。ヤーコブも身動きせずに、じっと見つめ返した。今ふいに動いてはいけない。そんなことをしたら、逃《に》げられてしまう。犬は小屋に入って二、三歩進み、寝袋の上に寝そべった。ヤーコブはテーブルのパンを取った。差し出してみると、犬は手からじかに食べた。舌《した》が手に当たって、くすぐったい。ヤーコブは静かに話しかけた。耳の後ろをかいてやる。犬は耳を後ろにぺたりと寝かせ、目をとじた。気持ちよさそうな音がのどからもれてくる。

　ひとりといっぴきがそんな風にしているうちに、寝る時間が来た。ヤーコブは犬を緊張《きんちょう》させないで寝袋にもぐりこむには、どうすればいいだろうと頭をひねった。そこでしゃがみこみ、ブスターの毛布をぽんぽんとたたき、犬をさそった。

「おいで、ロニー」

犬は立ち上がった。新しい名前がわかったようだ。近づくと、毛布のにおいをかいだ。それからその場で何度かぐるぐるまわり、丸くなって落ち着いた。

この子は人間の言葉がわかるんだ、とヤーコブは思った。「かしこいね」声をかけると、寝袋に入った。頭の場所が犬の腹《はら》のすぐ横にくる。息のぬくもりを感じる。においも。もう外の世界の音におびえることはなかった。

夜中に一度だけ、ロニーが低く鳴く声で目が覚めた。ロニーは足をぴくぴくひきつらせている。きっと夢《ゆめ》の中で何かを追っかけているんだ、とヤーコブは思った。

犬は毎晩えさをもらいに、小屋にやってきた。ヤーコブはドッグフードを一箱買いこんだ。レバーペーストを塗《ぬ》ったパンだけでは、栄養が足りない。ちゃんとした犬用のえさをやらないといけない。ヤーコブはブスターのブラシを探し出し、ロニーのぼさぼさの毛が、なめらかでつやつやになるまで、ブラッシングしてやった。

夜になるとロニーは、小屋のブスターの毛布《もうふ》で眠《ねむ》った。朝になってヤーコブが小屋をのぞく時には、いなくなっていた。

時々ロニーはサマーハウスの庭に来て、ヤーコブを探《さが》した。いつもプラムの木の下に伏《ふ》せて待っていた。ヤーコブが出て行くと、ロニーはしっぽをふって走ってきて、ワンワン鳴いた。

「どこの犬なの？」ママは聞いた。

「知らない。ぼくになついてるんだ」ヤーコブは答えた。

ママはロニーの前で腰《こし》を落とした。そして耳の後ろをかいてやった。「いい子ね。この子がどこで飼《か》われているか知っているの？」

ヤーコブは首を横にふった。

「黄色い家のおばあさんが飼っていた黒犬に似《に》てるけど」ママが言った。

「まさか」ヤーコブはすばやく言い返した。「そんなはずないよ。おばあさんは旅行に出ているみたいだもの。かわいがってる犬と離《はな》れるわけないと思うよ」

ママはロニーの首を軽くたたいた。「首輪をつけてないのね。スーパーにメモを貼《は》ってみればいいわ。飼い主を見つけるの。この子を探《さが》している人が、きっといるはず」

芝生《しばふ》を刈《か》っていたパパが手を止めて顔を上げ、ヤーコブのこわばった顔を見た。

「うちが街に帰れば、犬も自分の家に帰っていくさ」パパは言った。

土曜日は、ユリエがイタリアからもどってくる日だ。ヤーコブが小屋でくつろぐそばで、ロニーはドッグフードを食べ終え、緑の毛布に寝《ね》そべっていた。ユリエが突然《とつぜん》入り口に現《あらわ》れた。去年の夏から、少なくとも五センチは背《せ》が伸《の》びている。けれども目は元と同じ青色で、鼻は相変わらずそばかすだらけだ。

ユリエは犬を見た。そして聞いた。「ブスターはどうしたの？」

ヤーコブは答えない。

ユリエは小屋に入って、あたりを見まわした。そして新しいテーブルとベンチを見つけた。

「かっこいい」と言うと、ヤーコブの横にすわり、あらためてロニーを見た。ロニーは頭を上げ、見つめ返した。

「残念なお知らせがあるんだ」ヤーコブは言って、一度咳払《せきばら》いをした。

「ブスター、死んじゃった」

「死んじゃった？」ユリエは言われたことが飲みこめないような顔をした。「どこか悪かったの？」

「どこも」ヤーコブは答えた。小屋の柱の、木の幹《みき》に背中《せなか》をもたせかけ、相手の青い目をじっと見つめた。

「病気じゃなかったのね？」

「うん。どこもなんともなかったんだ。前の日もいつものように散歩に行って、いつもみたいに遊んでた。投げた棒《ぼう》を取りに行ったり、草むらで転がったり。近くの池に入ったり」思い出すだけでほほえみが浮《う》かぶ。「ドッグフードは残さずに食べきった。それから夜遅《よるおそ》くにまた散歩に行った。それからブスターはバスケットに入って寝《ね》たんだ」ヤーコブはひざのかさぶたをいじりながら言った。

「朝になったら、キッチンで死んでた」

ユリエはヤーコブの手をぎゅっと握《にぎ》った。

ヤーコブは泣きだささないように唇《くちびる》をかみしめた。

「この犬はどこの子？」ユリエがロニーを指さしてたずねた。

「ロニーって言うんだ。ぼくになついてる。飼《か》い犬じゃないと思うよ」

「いい犬だね」ユリエは言った。「まあ、ブスターほどいい犬じゃないかもしれないけど」そう付け加えて、ちらりとヤーコブを見た。

ヤーコブは、犬がどんな風に現《あらわ》れたかを話した。「夜中に来たんだ。芝生《しばふ》にいて、遠吠《とおぼ》えしてた。初めは追い払《はら》おうとしたんだけど、それでもまた、もどってきたんだ」

それからしばらくだまりこくったヤーコブは、やがて「こいつを蹴《け》飛ばしたんだ」と言って、目を伏《ふ》せた。

「力いっぱいに」

ユリエが目を上げた。「どうして？」

「ブスターの代わりなんかほしくなかったから。蹴ってから、後悔《こうかい》した。だから食べ物を置いてやったんだ。そして今は、なついてくれてる」

「この子をどうするつもり？」ユリエがたずねた。

「ママは、スーパーの掲示板《けいじばん》にメモを貼《は》れって。飼い主を探《さが》せっていうんだ。ママは、ぼくにこいつを好きになってほしくないんだと思う」

ロニーが立ち上がり、前足をヤーコブのひざに乗せた。首を伸《の》ばし、顔をなめた。

「でももう好きになっちゃったんだ」ヤーコブは、切なそうな目でユリエを見つめた。「だけど、ブスターの時とはちがうよ。ちがう意味で好きなんだ」

「今よりもっと好きになったら、さよならする時はすごく悲しいよね」ユリエが言った。

ヤーコブは犬をなでながら、言った。「うん。そうだろうな」

第十一章

ヤーコブは真夜中に目を覚ました。開けた窓から雨が降《ふ》りこみ、床《ゆか》に水たまりができていた。ベッドから出て、窓《まど》をしめた。庭をながめる。木々が風になびき、その風のせいで雨粒《あまつぶ》が窓にうちつける。ヤーコブは薄《うす》いパジャマしか着ていないので、ふるえた。

小屋で寝《ね》ているロニーがかわいそうだ。きっとずぶ濡《ぬ》れだろう。小屋には屋根がないから。ロニーも水が嫌《きら》いかもしれないな、ブスターみたいに。ヤーコブはそう思って悲しくなった。足音を忍ばせて階段《かいだん》を下り、レインコートを着た。長ぐつをはくと、玄関のドアを開け、音をたてないようにそっとしめた。

風が服をひっぱり、顔から熱を奪《うば》っていく。冷たい雨が首筋《くびすじ》から流れこみ、背《せ》中《なか》をつたい下りた。

ロニーは隅《すみ》の毛布《もうふ》に横になっていた。濡れた毛がからだにはりついている。ロニーは地面に弱々しくしっぽを打ちつけながら、みじめそうな目でヤーコブを見た。

「こんなところにいちゃだめだ。おいで」ヤーコブは犬を手まねきした。

ヤーコブとロニーは家にもどった。びしょ濡れの犬に階段を上らせ、二階の子ども部屋に入れた。シャワールームからタオルを取ってきて、ふいてやった。戸《と》棚《だな》から毛布を出すと、ベッドわきに敷《し》いた。

ロニーはくんくんとか細い声で鳴きながら、毛布の上に丸まった。そのとたん、パパとママの寝室《しんしつ》のドアが開く音がした。ヤーコブは犬に、しっ！と言った。ママの足音がドアの前で止まる。ロニーはすばやくベッドの下にかくれた。

ママがドアを開けて、のぞきこんだ。「起《お》きてるの？」とささやきかけた。

ヤーコブはむにゃむにゃとごまかした。

「何か聞こえたと思ったんだけど」ママは言って、窓の外で激《はげ》しく揺《ゆ》れる木々をながめた。「きっと風のせいね。おやすみなさい」ささやくと、ママはそっとドアをしめた。

ヤーコブは首を伸《の》ばし、ベッドの下をのぞきこんだ。ロニーは音ひとつたてずに横になっていたので、ヤーコブは言った。「もう出てきていいよ。ママは行っちゃったから」

ロニーは身をくねらせて出てきて、毛布《もうふ》に横になった。からだ全体から出たような、深いため息をついた。濡《ぬ》れた犬のにおいが、部屋中にむっと広がった。

翌朝《よくあさ》ヤーコブは、ロニーを家からこっそり連れ出した。しまったドアの奥から聞こえるパパのいびきに耳をすます。ママがシャワーを浴び始める音をたしかめるまで、じっと待って、外に出た。

雨は止んでいた。プラムの枝《えだ》が何本も折れて、濡れた芝生《しばふ》に散らばっている。日よけのパラソルは茂《しげ》みの中に吹《ふ》き飛ばされていた。ヤーコブは戸口に立ったまま、森に向かって芝生を歩いて行くロニーの後ろ姿《すがた》を見送った。ロニーの踏《ふ》んだあとが、芝生に細い道を作った。

朝食のあと、ユリエが遊びに来た。二人は庭にすわった。ママは赤スグリをつんでいた。実から葉を取りのぞき、プラスチックのボウルに入れていく。パパはユリエに、イタリア旅行はどうだったか聞いた。どこに泊《と》まったか、何を食べたか、何を見たか、など。それからパパは、イタリアに新婚《しんこん》旅行に行った時、ママがマフィアに誘拐《ゆうかい》されそうになった話をした。ヤーコブはその話なら少なくとも百回は聞いている。その時パパは、何かでママにものすごく腹《はら》を立てたので、車を道ばたによせて、ママを放り出した。パパが後悔《こうかい》してもどってくると、ママはどこにもいなかった。パパは歩きまわって、必死に探《さが》した。きっとマフィアに誘拐されたと思ったのだ。ようやく近くの一軒《いっけん》の家にいるママを見つけた。ママはその家のキッチンで、そこの家族といっしょにお昼を食べていた。

「それでようやくママを連れて帰ることができたんだ」パパは言った。

ママは手にくっついたスグリの実をパパに投げつけた。パパのズボンに赤い点々のシミがいっぱいできた。「めでたしめでたしでしょ」とママは言った。

ヤーコブとユリエは海へと下りていった。海岸にはだれもいなかった。濡《ぬ》れた砂《すな》がくつの底にはりつく。二人は桟橋《さんばし》に腰《こし》かけて、足をぶらぶらさせた。水は黒っぽくにごっている。

ヤーコブはゆうべ起きたことを話した。「ママが入ってきたら、ロニーはベッドの下にもぐったんだ。かくれないといけないって、わかったんだよ」

「頭がいいのね」ユリエは感心した。「ブスターにそっくり」

ヤーコブは、ユリエがブスターの話をしてくれるのが好きだった。よい思い出が、悲しみを忘《わす》れさせてくれるのだ。犬の思い出に、口元がふとほころぶことがある。「小屋に屋根をつけなくちゃ」ヤーコブは言った。「それなら雨が降《ふ》っても、ロニーが濡れないですむからね」

ぼくたちが街に帰ったあとも、小屋に住むことができるだろう。そしたら来年も会えるんだ、とヤーコブは思った。

第十二章

　次の日は朝から晴れだった。夜の間に雲ひとつなくなっていた。芝生《しばふ》をかこむ茂《しげ》みからは、まだ水がしたたっている。木の葉はてらてらと光り、太陽を浴びた芝生はきらめいていた。空気は澄《す》んでさわやかだ。

　朝食のあと、ユリエが遊びに来た。すそを短くカットしたジーンズをはき、住宅雑誌《じゅうたくざっし》の名前のロゴをつけた野球帽《やきゅうぼう》をかぶっている。すぐにでも屋根作りにかかる気満々だった。

　物置には材料がどっさりあった。数年前の改築《かいちく》工事の時にあまった、傷《きず》のないきれいな板だ。二人は板を小屋まで運んだ。石の上に置いて、のこぎりで切った。まずユリエが板を押《お》さえ、ヤーコブがのこぎりで切った。次はヤーコブが押さえ、ユリエが切る係だ。一番たいへんなのは、すべり落ちてすき間ができないようにしながら、板を壁《かべ》の上に釘で打ちつけて屋根にする作業だった。

屋根を作り終えて見上げてみると、すき間から青空がのぞいていた。

「これじゃワンちゃんが濡《ぬ》れちゃう」ユリエが言った。「雨が頭に当たっちゃうよ」それからユリエは枝にかけて干《ほ》してあったブスターの毛布《もうふ》をとってきた。そ

れを小屋の隅《すみ》に広げる。

「ボート用の防水布《ぼうすいふ》をもらって、上にかぶせよう」ヤーコブが言った。「それなら雨もりしないですむよ」


午後になってロニーがやってきた。ヤーコブはおわんにドッグフードの残りを山盛《やまも》りに入れた。ロニーは腹《はら》ペコだった。いったい今日一日どこにいたのだろう。ロニーは口のまわりをぺろぺろなめると、隅の毛布に寝《ね》そべった。大あくびをする。それからごろりと横になり、前足を品よく組むと、目をとじた。

「この子もブスターみたいに、水を嫌《いや》がるのかなあ」ユリエが言った。「試してみない？」

二人は水着とタオルを取ってきた。そして海岸まで下りていった。ロニーもあとについてきた。海岸にはあまり人が出ていない。ほとんどの人は夕食を食べに家に帰ったのだ。だが太陽の勢《いきお》いはおとろえず、海の上で力強い目のようにキラキラかがやいている。

二人はタオルを広げ、水着に着替《きが》えた。水ぎわにヨーと、友だちのフレドリックがいて、水切りをして遊んでいた。平たい石が、水面を遠くまではねていく。ロニーはそれを目で追っていた。全身がぷるぷるふるえている。と思ったら、急に走りだした。はね飛ぶ石を追いかけて、水の中に入っていく。ロニーはぐるぐる泳ぎまわった。石が沈《しず》む前につかまえようとした。嬉《うれ》しそうにワンワン吠《ほ》えて前足で水をかき、コマみたいにくるくるまわった。

ヤーコブも波打《なみう》ち際《ぎわ》に下りていった。

ヨーが石を投げるのを止めて、ロニーを指さした。「新しい犬を飼《か》ったのか?」

「ううん。ちょっと預《あず》かってるだけだよ」ヤーコブは答えた。

「だれの犬だ?」

「おばさんの」とヤーコブは答えた。ブスターが死んだと、ヨーに知られたくなかったのだ。

「かっこいいワン公じゃん」ヨーは言うと、石を一つ拾って投げた。平べったい石は、水面をはねていった。当たるかと思った瞬間《しゅんかん》、ロニーはくるりと向きを変えて、石を追いかけた。ヨーは石を拾っては投げ、拾っては投げた。狙《ねら》いすました、鋭《するど》い投げ方だ。石はロニーのまわりに、雨のように降《ふ》り注いだ。もうおふざけではすまされない。ヨーはロニーを的にして、ねらっていた。

「やめろよ。当たるだろ！」ヤーコブはどなった。

ヨーは笑って、投げる前に、石の重さを手でたしかめた。

ヤーコブは砂浜《すなはま》を走って、ロニーを危険《きけん》から守ろうとした。だがロニーは同じ場所をぐるぐるまわるばかりだ。ヤーコブはユリエに向かって叫《さけ》んだ。「棒《ぼう》を探《さが》してきて！」

ユリエは森に向かってかけ上がり、長い棒を見つけてきた。

ヤーコブは棒をできるかぎり後ろにかまえた。「ロニー、とってこい！」大声でわめいた。

ロニーはぴたりと動きを止めた。ふり返り、目の先にぱしゃんと落ちた棒を見た。とたんにはね飛ぶ石などどうでもよくなり、まっすぐに棒に向かって犬かきで泳いでいった。歯が、がしっと棒にかみつく音が聞こえた。それからロニーは陸に向かって泳いだ。砂の上に横になり、棒をがじがじかじりはじめた。

ヨーとフレドリックは石投げにあきたのか、ロニーのほうにやってきた。ヨーはタオルにすわりこんだヤーコブの目の前に立った。太陽を背《せ》に受けているので、顔が影《かげ》になって表情《ひょうじょう》が見えない。黒っぽい巻《ま》き毛が一《ひと》ふさ、おでこにかかっている。ヨーは砂を蹴《け》った。砂はタオルにかかった。ヨーはひざをかかえてすわっているユリエを、どうでもよさそうにちらりと見ると、こう言った。「もういっぴきのワン公はどこだよ？」

ヤーコブのからだの奥《おく》から怒《いか》りがわきあがった。立ち上がると、ヨーと顔を突《つ》き合わせた。「ロニーを死なせるところだったんだぞ！」

ヨーはひどく意地悪な目で見つめた。「ワン公を放したのはおれじゃないよな。自分のワン公の面倒《めんどう》を見るのは、おまえの役目だろ」

するとロニーが吠《ほ》えだした。おしりを突き上げて、棒のまわりを掘《ほ》り返すので、砂煙《すなけむり》がもうもうと立っていた。

ヨーとフレドリックは、はしゃぐ犬のところに駆《か》けより、ロニーから棒を取ろうとした。

「おすわり！」ヨーがどなった。

だがロニーはジャンプして逃《に》げた。棒《ぼう》をくわえたまま小首をかしげ、からかうようにヨーを見つめる。また棒を取られそうになると、後ろに飛びのいた。

ヨーは蹴《け》ろうとした。

ロニーは棒を放した。唇《くちびる》を引き上げ、白くとがった歯をむき出した。ヨーにうなりかける。全身ぶるぶるぶるとふるえている。

ヨーはこわばって動けなくなった。それから一歩ずつ、ゆっくりと後ずさりした。犬からじゅうぶん距離《きょり》をとったところで、くるりと後ろを向き、とめてあった自転車に突進《とっしん》した。フレドリックもあとにつづいた。「おばさんによろしくな！ワン公をちゃんとしつけろと言っとけ！」ヨーはわめいた。それから自転車に飛び乗り、道路目指してまっしぐらに走り去った。

「いくじなし！」ヤーコブが後ろからはやしたてた。それからロニーに歩みより、具合をみた。耳の間にかすり傷《きず》があって、少し血が出ていた。それ以外は無事だった。

「おすわり」ヤーコブは言った。

ロニーはおすわりして、しっぽで砂《すな》を掃《は》いた。ヤーコブの足元に棒を落とし、キラキラした目で見上げた。ヤーコブは手を伸《の》ばして、棒を拾った。それを砂浜《すなはま》の、できるかぎり遠くに投げた。ロニーは飛ぶように追いかけていった。

ユリエはその後ろ姿《すがた》を見送った。「だれの言うことでも聞くわけじゃないのね」

「犬には悪い人間がわかるんだ」ヤーコブは言った。

「ヨーがロニーを殺《ころ》すつもりだったと、本気で思ってる？」ユリエは聞いた。

ヤーコブは腕《うで》をもみながら言った。「何があるか、わからないだろ。ロニーのほうが先におどかしたから、よかったけど」

「何にしても、水を嫌《いや》がらないことはわかったね」ユリエが言った。

ヤーコブはロニーを見ながら、もうヨーがいても、海岸に出るのがこわくなくなったかもしれないと思った。ロニーがそのことを教えてくれたのだ。

第十三章

次の日ロニーは小屋にえさを食べに来なかった。その次の日もやはり現れなかった。

ヤーコブは近くを探《さが》しまわった。「おいで、ロニー！」大声で呼《よ》びかけ、口笛を吹《ふ》いた。短く二度、それから長く一度。いつもの合図だった。

「飼《か》い主のところにもどったのかも」ユリエが言った。

二人は小屋の中にいた。ヤーコブは新しいドッグフードのパックを買ってきていた。今はテーブルに置いてある。

「うん。それならよかったよね」ヤーコブは口ではそう言ったが、ほんとうは何よりもおそれていたことだった。ロニーはいつの間にかヤーコブの心に入りこんでしまっていたのだ。ブスターを失ったヤーコブ。その上ロニーまで失いたくなかった。飼《か》い主が突然《とつぜん》現《あらわ》れ、ロニーを連れて行ってしまうなど、思うだけでも嫌だった。飼い主が見つからなければ、ロニーを都会の家まで連れて帰れる。ずっと自分の犬にできるのだ。ヤーコブはついに心を決めた。

「ロニーを探しに行こう。きっと何かあったんだ」

二人は近所をしらみつぶしに探した。大きな道路をはずれ、森の中の湖に通じる細道までたどってみた。太陽の光で道に影《かげ》ができる。ずっと昔は湖畔《こはん》の山小屋まで、車が草地を通って行ったものだった。車が通ったあとが今も残っている。青いツリガネソウと白いマーガレットの花が、わだちから首を伸《の》ばしていた。

ヤーコブはロニーを呼んだ。口笛を短く二度、長く一度。古い山小屋のまわりまで探した。水ぎわまでも下りていった。けれどもロニーは見つからなかった。

その次の日も、ロニー探しはつづいた。道路を上ったあと、海浜《かいひん》キャンプ場まで下り、会う人ごとに、しっぽがくるんと丸まった、黒と白二色の犬を見なかったかとたずねた。だが、だれも見ていない。ロニーは地の底に消えてしまったようだった。

家に帰る途中《とちゅう》黄色い家の前を通った。庭に車が一台あった。カーテンはしまったままだ。パラソルは立て直され、郵便受《ゆうびんう》けは空っぽになっていた。おばあさんが帰ってきたにちがいない。

「いったいロニーはどこに行っちゃったのかなあ。今までこんなことはなかったのに」ヤーコブが言った。

ユリエは何も言わない。ヤーコブは胸がしめつけられるような気がした。見ると、ユリエは暗い顔をしている。多分同じことを考えているのだ。ロニーは元の飼《か》い主のところに帰ったのだと。

「スーパーにたずね犬のビラを貼《は》ろうよ」小屋に入るとユリエが言った。足をまっすぐに前に投げだしている。うっかりアリ塚《づか》に踏《ふ》みこんでしまったので、ユリエのスニーカーは泥《どろ》まみれだった。ふくらはぎまで黒く汚《よご》れている。

ヤーコブは、未開封《みかいふう》のドッグフードのパックを見つめた。ロニーの寝床《ねどこ》になった毛布《もうふ》に置いてある。「うん」ヤーコブは答えたが、本気ではなかった。ビラなんて貼りたくない。もっとあとにしよう。都会の家に帰る直前とかに。あの犬はうちのだと、だれかが返事するひまもないように。そしたらロニーを家に連れて帰れる。

二人はそれぞれの思いに沈《しず》みこんだ。しんとした中に、波が打ちよせる音だけが聞こえた。

ヤーコブは、ふと耳をすました。海からのざわめきにまじって、何か聞こえる。ヤーコブは聞くのに集中していたが、いきなり立ち上がった。「ロニーだ！」ヤーコブは大声を上げた。「あの声はロニーだよ」

二人は小屋を飛びだした。今ではユリエにも聞こえた。犬が吠《ほ》える声だ。こちらに近づいてくる。

犬がいっぴき、ゆっくりとこちらに向かってきた。ロニーだ。足を一本上げたまま、ひょこひょこと歩いてくる。

二人はロニーを毛布に寝かせた。片方の前足から血が出ている。ヤーコブが傷《きず》の具合を調べようとすると、ロニーは前足をひっこめた。毛布に点々と血が落ちてシミになった。

「切《き》り傷《きず》ができてる」ヤーコブは言った。「傷口《きずぐち》をなめないようにソックスをはかせないと。なめたら傷口が広がるから。ブスターはガラスを踏《ふ》んでけがをした時、ソックスをはかされたよ」

ヤーコブはソックスを探《さが》しに、家まで走って帰った。パパとママは買い物に出かけて留守《るす》だった。寝室《しんしつ》の引き出しを探しまくって、ようやく適当《てきとう》な大きさのソックスを見つけた。ママの裁縫《さいほう》セットの中にひもがあったので、ソックスがはずれないよう巻《ま》きつけることにした。

二人は傷ついた前足にソックスをはかせようとした。ユリエがロニーを押《お》さえ、ヤーコブがいっしょうけんめいにソックスに犬の足をつっこんだ。ロニーは嫌《いや》がって身をよじり、歯をガチガチ鳴らした。

「かまれた！」ユリエが手を放した。腕《うで》を痛《いた》そうにさする。

ロニーはあお向けになって、二人にうなった。

「口をつかんで開かないようにして」ヤーコブが言った。

ユリエはひざをついて腰《こし》を落とし、ロニーの口をつかんだ。ヤーコブはソックスをはかせようと奮闘《ふんとう》した。ロニーは暴《あば》れて逃《に》げようとしたが、ユリエは口をつかむ手を放さなかった。そうするうち、ようやくソックスが前足にはまった。ヤーコブは足首にひもを巻きつけて、落ちないようにした。

ロニーは毛布《もうふ》に寝《ね》たまま、子どもたちをにらんだ。二人が少しドッグフードをやっても、食べようとしない。おわんから水だけは何口か飲んだ。早くも血でびっしょりのソックスをなめようとする。

「獣医《じゅうい》さんに連れて行かなくちゃ」ユリエはロニーを気の毒そうに見ながら言った。

ヤーコブが腕時計を見た。「もう、五時すぎだ。きっとしまってる。第一お金がないよ」

「あたし、獣医さんならひとり知ってる」ユリエが言った。「フィン先生って言うの。先生の子どものトーラとは同じクラスなんだ。学校のすぐそばに住んでる。道路がクナルビーカ方面に分かれるあたり」

「どうやって連れて行く？　すごく遠いし、ロニーはほとんど歩けないよ」ヤーコブが言った。

「海岸沿《かいがんぞ》いの細い道を行けばいいよ。ずっと近いもん」ユリエが言った。

ヤーコブはブスターの形見のリードを取りに帰り、二人といっぴきで、海に向かう細道を下り始めた。ロニーは足を三本しか使えないのでぎくしゃくと進んだ。二人はロニーをひっぱっていった。休ませるために、時々足を止めた。

ようやく目的地についた。ユリエは獣医さんの家のベルを押《お》した。ドアを開けたのはトーラだった。

「お父さんに会いたいの」ユリエが言った。

トーラはまじまじと、ヤーコブとロニーを見た。

「この子、足にけがしてるの」ユリエは言って、血まみれの前足を指さした。

トーラは家の奥《おく》にふり返り、お父さんを呼《よ》んだ。小柄《こがら》でやせっぽちなのに、声は男の子のように太かった。

「パパ、けがをした犬が来てるよ！」トーラは叫《さけ》んだ。

お父さんが出てきた。グレーのジョギングパンツに白いTシャツ姿だ。足にはサンダルをはいている。外に出てくると、犬にかがみこみ、けがをした足を診察《しんさつ》した。ロニーはされるがままになっている。

獣医《じゅうい》さんはロニーを抱《だ》き上げると、家の中に入った。ユリエ、ヤーコブ、トーラがあとにつづく。獣医さんは同じ家の、診察所《しんさつじょ》側につづく廊下《ろうか》を歩きながら、落ち着いた声でずっとロニーに話しかけていた。ロニーは獣医さんのほおのにおいをかいだ。

獣医さんはロニーを診療台《しんりょうだい》に寝《ね》かせた。けがをした前足を持ち上げる。ロニーはとてもおとなしくしていた。獣医さんは血だらけのソックスをはずした。その間もずっと犬に話しかけていた。ロニーは診療台に寝たまま、何もさからわずにけがした足を調べてもらった。耳の後ろをかいてもらい、のどやからだをなでられても、じっとしていた。ユリエとヤーコブとトーラは、そばに立って、ただ見ていた。

「前足に深い切り傷《きず》があるね」獣医さんは言った。「けがをして何日かたっているのに、まだ血が止まっていない。ソックスをはかせたのは、よい判断《はんだん》だったよ」獣医さんは傷を消毒《しょうどく》し、マジックテープ付きの、青いソックス型《がた》包帯をはかせた。それからロニーの首にエリザベスカラーを付けた。「これで傷口《きずぐち》をなめずにすむからね」そう言うと、ロニーを診療台から降ろした。

ロニーはおすわりをして、カラーをはずしたくて首をブルブルふった。けれども最後にはあきらめて、カラーを斜《なな》めにして横になり、いいほうの前足に頭を置いた。

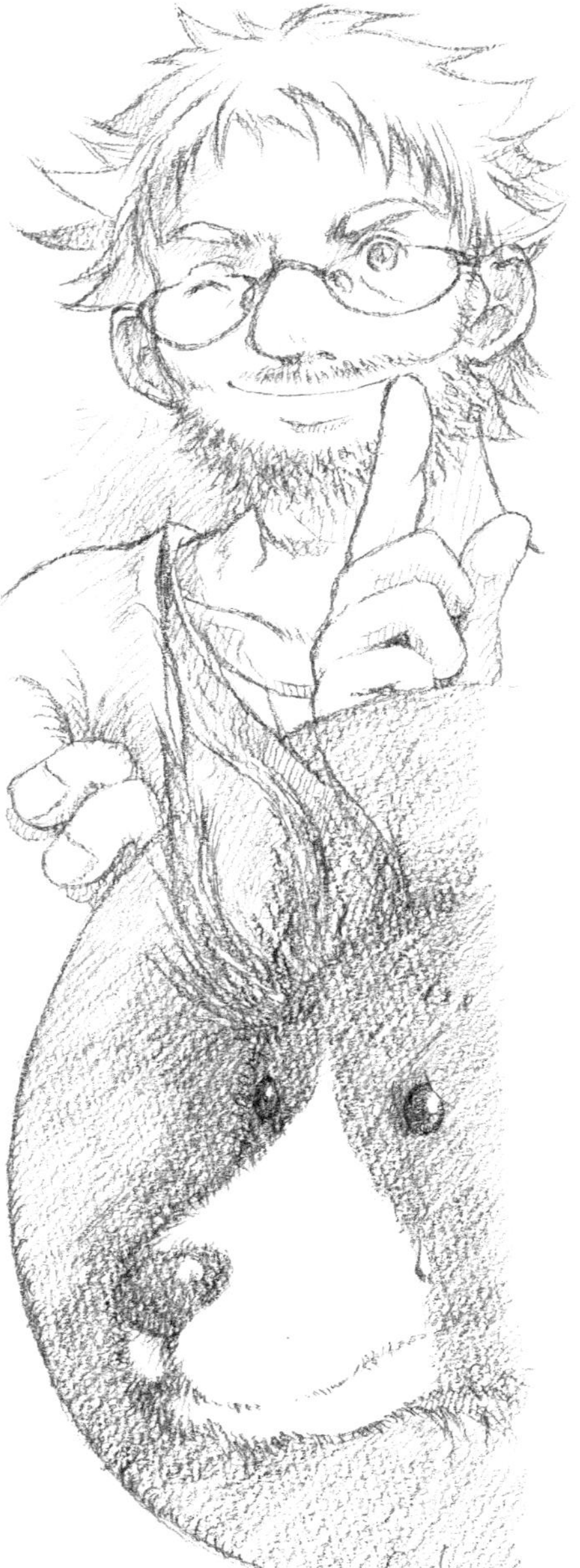

獣医さんは診察室《しんさつしつ》のベンチのはしにすわった。
「きみの飼《か》い犬かい？」とヤーコブに聞いた。

ヤーコブはためらった。「ちょっと預《あず》かっているだけなんです」と言った。嘘《うそ》ではなかった。そのつもりなのだから。

「いい犬だね」獣医《じゅうい》さんは言うと、ロニーを見た。

「今お金がないんです」ヤーコブは言った。「でももともとの飼《か》い主が帰ってきたら、お払《はら》いします」

「いいんだよ」獣医さんはベンチから立ち上がった。「ここに連れてきてくれたのは、えらかったね。傷《きず》が化膿《かのう》したら、とんでもないことになるかもしれなかった。傷が治るまでは、この子をできるだけおとなしくさせておきなさい。そしたらすっかりよくなるから」獣医さんはそう言うと、ドアを開け、みんなを先に廊《ろう》下《か》に出した。

ユリエがトーラの家に残ったので、ヤーコブは海沿《うみぞ》いにひとりでもどりながら、真剣《しんけん》に決心した。大人になったら、ぼくも獣医になろう。魔法《まほう》の手の持ち主の獣医に。フィン先生みたいになるんだ。

第十四章

ロニーは元気を取りもどした。ヤーコブは庭まで犬を連れてきた。そして両親に、獣医さんに行ったことを話した。ロニーはカラーを付け、前足にソックスをはいたまま、嬉《うれ》しそうに走りまわった。それからママの椅子《いす》のすぐ横にすわった。けがをした前足をママのひざに乗せて、さも悲しそうな顔をした。

「かわいそうにね、ロニー」ママは言って、おやつをあげた。

ところがロニーは何度かへママをしてしまい、いいほうの足をママのひざに乗せた。ママは大笑いして、ペテン師《し》と呼《よ》ぶ。するとロニーはしまった、という顔でママを見て、足をかえるのだった。

朝になってパパが郵便《ゆうびん》受《う》けに新聞を取りに行くと、ロニーはあとをついていった。

ヤーコブは、両親が少しずつロニーに慣れていくのに気づいていた。
「犬はどこだ？」パパは言って、庭を見まわす。そばにいるのが当たり前みたいに。

そろそろサマーハウスをしめて、都会の家に帰る日が近づいてきた。ヤーコブはロニーと離《はな》れると思うだけでやりきれなかった。「飼《か》い主なんかいないいんだよ」ヤーコブはすがるような目でパパを見て、言った。「うちに連れて帰ってやらなくちゃ」

「だまって連れ帰るわけにはいかないよ」パパは言った。「できればそうしたいけどな。きっとあの犬を探《さが》している人がいる。おまえみたいな男の子が」

「飼い主を探しましょうよ」ママが言った。「スーパーにビラを貼《は》るの。きっとだれかが連絡《れんらく》してくるわ」

ママはロニーの写真を撮《と》った。小首をかしげてカメラを見るロニーの様子は、とてもかわいかった。エリザベスカラーはとうの昔に取れ、青いソックス型《がた》包帯もなくなっていた。写真の下に、ママは電話番号と住所を書きつけた。そうしてできたビラを、スーパーの外の掲示板《けいじばん》に貼った。

電話が鳴る度にヤーコブはドキッとして、息が止まった。ところが何日たっても、だれも何とも言ってこない。心の底に、小さい希望が芽生えてきた。飼《か》い主だと申し出る人がいなければ、ロニーを家に連れて帰れる。またサマーハウスにひとりぼっちにさせるのなんて、かわいそうすぎる。

ある日スーパーに買い物に出かけたママが、ショックを受けて帰ってきた。この村のおばあさんが、ひとりぼっちで自宅《じたく》で亡《な》くなっているのを発見されたそうだ。ベッドで亡くなってから二週間も、だれにも気づかれなかったという。「どうしてそんなことになったのかしら」ママは言って、庭のテーブルにフリーペーパーを広げた。そしておばあさんが見つかった家の写真を指さした。ヤーコブは、ママの肩《かた》ごしにのぞきこんだ。丘《おか》の上の、あの黄色い家だ！　庭からいつも手をふってくれた、おばあさんを思い出した。通りかかった時はてっきり旅行中だと思ったが、そうではなかった。あの時もう死んでいたのだ。ヤーコブは、おばあさんのことが頭から離《はな》れなくなった。突然倒《とつぜんたお》れて、起き上がれなかったのかもしれない。もしかしたらおじいちゃんのように、ベッドで動けなくなったのかもしれない。だれにも気づかれることなく。ドアの奥《おく》でおばあさんが死んでいたのに、ヤーコブとロニーはあの家の玄関《げんかん》の踏《ふ》み段《だん》にすわっていたのだ。そう思うと、背《せ》筋《すじ》がぞっとした。あの朝キッチンに行ったら毛布《もうふ》の上で死んでいた、ブスターの姿《すがた》がよみがえった。ブスターもひとりぼっちで死んでいった。ヤーコブはそばについていてやれなかったのだ。

ヤーコブはロニーを抱《だ》きよせた。涙《なみだ》がロニーの毛を濡《ぬ》らした。ヤーコブは、ブスターと、ひとりぼっちのおばあさんと、もしかしたらさよならしなければならないロニーのために泣いていた。ブスターが死んだ時、もうほかの犬なんか好きになれっこないと思った。でも今はロニーが大好きだ。ブスターの時とそっくり同じではなく、ちがう風な好きになり方だけど。だって二ひきはまるでちがっているから。ブスターはヤーコブの面倒《めんどう》を見てくれた。今はヤーコブがロニーの面倒を見ている。

うちに帰る何日か前、パパは警察署《けいさつしょ》に行って、家族が拾った犬の届《とど》けを出してきた。警察官《けいさつかん》は名前と住所と電話番号をひかえた。

「もしも飼《か》い主が申し出てきたら、うちの場所がわかるってわけさ」帰ってきたパパは言った。

いつになったらびくびくせずにすむんだろう、とヤーコブは思った。

第十五章

　ユリエは最後の日の夕食どきにやってきて、門のわきに自転車をとめた。ヤーコブは走って出て行き、自慢《じまん》そうに言った。

「ロニーを連れて帰るんだ！」

「ほんとに？」ユリエも大喜《おおよろこ》びだ。

「うん。ただし今晩《こんばん》までだれかがロニーのことで電話してこなかったら、だけどね」そしてヤーコブは、パパが警察署《けいさつしょ》に届《とど》けを出しに行ったこと、だれも何も言ってこなければ、ロニーを家に連れて帰っていいと警察官《けいさつかん》が言ったことを話した。

　ユリエはロニーの前にひざをついてすわり、ポケットからおやつ用の骨《ほね》の入った袋《ふくろ》を出した。袋から骨を一つ出して、ロニーにやった。「さびしくなるよ」ユリエは愛情《あいじょう》のこもった目で、ロニーを見た。「だれも電話してこなければいいのにね」

夕食を食べていた時に、電話が鳴った。みんながそろってお皿から目を上げた。顔を見合わせ、次にキッチンカウンターでピカピカ光っているママの携帯《けいたい》電話を見つめる。だれも立ち上がらない。とうとうママが椅子《いす》を後ろに引いた。椅子の脚《あし》が床《ゆか》をこする音がした。

ヤーコブの全身が冷たくなった。電話をとらないで！　と心の中で叫《さけ》んでいた。それなのにママは、ほんの数歩でカウンターに行き、携帯電話を取った。電話を耳に当てる。それからくるりとみんなのほうを向き、親指を立てた。アストリッドおばさん、と口の動きだけで言った。それからベランダに出て行き、庭につづく踏《ふ》み段《だん》の、一番上の段にすわった。開け放したベランドのドアから、ママの笑い声が流れこんできた。

ヤーコブは大きく息をはいた。パパが目配せしてきた。ママは長電話が好きだ。だから電話が終わるまでは、とりあえず安心だった。

夕食が終わると、ユリエは家に帰った。「また来年ね！」自転車で道路に入る時、ユリエは大声で呼《よ》びかけていった。

ヤーコブとロニーは、ユリエの自転車が角を曲がって見えなくなるまで見送った。もう早くもユリエがいないのがさびしい。ユリエはとても頭がいい。かならずぴったりの言葉を言ってくれる。

次の日ヤーコブの一家は、車に荷物を積みこみ、あとは出発するばかりになった。ロニーは芝生《しばふ》に寝《ね》そべって、人間たちの動きを目で追っていた。ヤーコブはロニーが逃《に》げないように、リードをつけてつないだ。もしかしたらロニーは車に乗るのが嫌《きら》いかもしれないからだ。ブスターはドライブが大好きだった。チャンスさえあれば、後部座席《ざせき》に飛び乗ろうとした。まっすぐに背筋《せすじ》を伸《の》ばし、頭を上げて、窓《まど》から外をのぞいていた。

ヤーコブはリードを持って、ロニーを車に引いていった。ロニーがすぐに後部座席に飛び乗ったので、ヤーコブはその横にもぐりこんだ。パパは門の外まで車を出し、そこでいったん降りて、門をしめた。ヤーコブはふり返り、サマーハウスの見納《みおさ》めをした。ロニーはシートにのびのびと寝そべり、ヤーコブの腕《うで》に頭を預けた。ヤーコブはロニーをぎゅっと抱《だ》きしめた。

第十六章

夏休みは終わったが、太陽は相変わらず強烈《きょうれつ》だった。暑さに耐《た》えられず、プランターの花はぐったりと首をたれた。気の早い枯《か》れ葉が枝《えだ》から離《はな》れ、ひらりふわりと地面に落ちた。そしてロニーの背中《せなか》に、黄色いぶちのようになってくっついた。

ヤーコブのクラスには新しい担任《たんにん》の先生が来た。ベルゲン出身で、名前はハンス・クリスチャンだ。

ロニーは新しい家にすんなりと溶《と》けこんだ。ヤーコブは緑色の犬用毛布《もうふ》をベッドのわきに敷《し》いた。ベッドのふちから首を突《つ》き出すと、眠《ねむ》るロニーの、上下する白いおなかが見えた。規則《きそく》正しい寝息《ねいき》も聞こえた。時々ロニーはのどから声を出し、足をぴくぴくひきつらせる。きっと夢《ゆめ》の中で何かを追いかけているのだ。

ヤーコブとロニーは、庭でサッカーをして遊んだ。ロニーは二つの石にはさまれたゴールを守る。その目はヤーコブが芝生《しばふ》でドリブルするボールに釘《くぎ》づけだ。筋肉《きんにく》がはりつめ、しっぽが細かくふるえ、とがった耳はぴんと上を向いている。ヤーコブがシュートした。ロニーはぴょんとジャンプすると、ボールを受けるためにからだの向きを変えた。鼻で一突《ひとつ》きするなり、芝生に着地する。ヤーコブが何度ゴールをねらってボールを蹴《け》ろうが、その度にロニーはジャンプして食い止めた。

「だれにサッカーなんか習ったんだ?」ヤーコブは感心して頭をなでてやった。ロニーは首をそらして、ヤーコブの鼻をぺろりとなめた。一生かかっても解《と》けそうにない秘密《ひみつ》が、ロニーにはどっさりありそうだ。

ヤーコブはサッカーの練習をさぼりがちだった。一度ヘマをして、オウンゴールをしてしまったことがあったのだ。それも大切な試合で。ヤーコブのせいで、味方チームは負けてしまった。おまけに選手としてもちっとも芽が出なかった。ほんとうはちゃんとしたコートでゲームするほうが、ずっと面白いと思う。うまくなくても、みんなでプレイできるのがいい。

ヤーコブはロニーと毎日練習した。目標は、ロニーをゴールに立たせることだ。犬がどれだけすごいか、目にもの見せてやるのだ。

ある日チャンスが訪《おとず》れた。その日はＰＫの練習だった。ロニーはサイドラインのところで、ボールにつながれていた。頭が前後にきょときょとと動く。目はボールを追っている。ロニーは、ワンワン勢《いきお》いよく吠《ほ》えた。強烈《きょうれつ》なシュートがゴールキーパーの顔面にさく裂《れつ》した。キーパーは目を押《お》さえ、よろよろとフィールドから撤退《てったい》した。すぐにキーパーを交代させなければならない。けれども代わりになる選手がいない。やっかいなことになった。

ヤーコブはロニーをつないだボールまで全速力で走った。今だ。今しかない。リードをはずしてやると、ロニーといっしょに駆《か》けもどった。

「ロニーがキーパーになれるよ！」となった。

はあ？　ワン公がキーパーだって？　みんなはあっけにとられて、嬉《うれ》しそうに飛びはねているロニーを見つめた。ようやく出番が来たので、ロニーは有頂天《うちょうてん》だ。舌《した》が大きく口からはみ出している。目は芝《しば》の上の白黒ボールを追っていた。だれも何も言えないでいるうちに、ヤーコブはゴール目指して走った。ロニーをゴールに立たせると、犬の目を見たまま、じりじりと後退《こうたい》した。「止まれ」ヤーコブは低い声で命じた。

ロニーはぴたりと止まった。

チームのメンバーはヤーコブに場所を空けるため、わきにのいた。そしてヤーコブにボールをわたした。ヤーコブはゴール前の芝にボールを置き、助走をつけるため数歩下がった。目はロニーの目とぴったり合わせたままだ。そしてヤーコブは走りだした。足がボールを蹴《け》る。「行け、ロニー!」ヤーコブは叫んだ。

ロニーはジャンプした。からだをぐいとひねると、鼻でボールをとらえた。ボールははね返り、ぽかんと口を開けた選手たちの前に落ちた。見物人の間にざわめきが広がった。

「やばい!」オーラだ。声が裏返《うらがえ》っている。「おい、あれ、見たか?」

ヤーコブはくるりとふり返った。オーラは興奮《こうふん》して腕《うで》をふりまわしている。

犬なんか、なんて言ってたのはだれだっけ、とヤーコブは思った。そのあとオーラと、ほかにも何人か試させてやった。

ひとしきり終わるとリードを付けた。「少し休ませてやろうよ」ヤーコブは言った。やりすぎは禁物《きんもつ》だ。これまでのところ、ロニーは一度もミスしなかった。

サッカーをする犬のうわさは、たちまち学校中に広がった。夕方になるとロニーがゴールを守る姿《すがた》を見るために、何人もの子どもがやってきた。みんなロニーを自分のチームに入れたがった。

「こいつはぼくのチームのためだけにプレイするんだ」ヤーコブが言った。

そういうわけでヤーコブは、いつも最初に選ばれるようになった。今までチームを組む時には、いつもおミソだったのに。

ある日新聞記者がやってきて、ロニーの写真を撮《と》った。何度もシャッターを切っては、ロニーがジャンプしてボールを止める姿をカメラにおさめた。新聞記者はヤーコブの写真も撮った。そしてロニーをゴールに立たせるためにどんな訓練をしたのかと質問《しつもん》した。

「犬を飼《か》っている人たちに教えたいコツなんてあるかな？」

「犬はとても頭のいい動物です」ヤーコブは言った。「犬は何でもできます。正しいやり方で、話しかけてやればいいんです」そしてかがみこんで、ロニーの顔を見た。

ロニーの両耳がぴんと立った。そして、その通り、とうなずいたように見えた。

第十七章

ロニーの記事が新聞に出て二週間後、ヤーコブの家の玄関《げんかん》ベルが鳴った。その日は土曜日で、ちょうど朝食をすませたところだった。ヤーコブが走ってドアを開けた。ロニーも、いつものように好奇心《こうきしん》いっぱいで、足早にあとについてきた。

知らない女の人が外に立っていた。金髪《きんぱつ》のおさげの女の子と手をつないでいる。女の人は肩《かた》に大きなバッグをかけていた。

だれも口を開かないうちに、女の子が手をふり放してロニーに駆けよった。

「やっぱりポンツスだ！」女の子はロニーに両腕《りょううで》をまわして、ほおをすりよせた。

ロニーはぴくりとも動かない。かたくなってまっすぐに目をすえている。

ヤーコブは息が止まった。頭の中が真っ白になった。数え切れないほど見た悪《あく》夢《む》が、現実《げんじつ》になろうとしている。ヤーコブはロニーの首輪をつかんだ。

「ポンツスなんて名前じゃない。この子はロニーだ。ぼくの犬なんだ」

女の子はロニーをまじまじと見つめ、次にヤーコブを、それからまたロニーを見た。「だってわかるもの。そうだよね、ママ。この子はポンツスだよね？」女の子はお母さんを見上げた。

「ご両親はおうちにいらっしゃる？」女の人が聞いた。

ヤーコブはうなずいた。ロニーをひっぱって、キッチンにもどった。「話をしたいって人が来てる」ヤーコブの言葉は、のどにひっかかった。

パパが立ち上がり、出て行った。ママはヤーコブを穴《あな》のあくほど見つめた。それからやはりキッチンから出て行った。

ヤーコブは床《ゆか》に目を落とした。ロニーをしっかりとつかむ。恐《おそ》ろしいことが起こりかけていると、ひしひしと感じる。

ママとパパと知らない女の人と女の子が、キッチンに入ってきた。

「カーヤ・ストロムベルグと申します。これは娘《むすめ》のフリーダです」女の人はあいさつして、握手《あくしゅ》をした。「海辺のクナルビーカに住んでいます。夏に亡《な》くなった母から、家を相続しました。丘《おか》の上の黄色い家です」女の人は説明した。

「ええ、新聞で読みました」ママが言った。「お母様がおひとりで亡《な》くなられて、長い間発見されなかったなんて、恐《おそ》ろしいことでしたね」

カーヤ・ストロムベルグは目を伏《ふ》せた。もじもじとバッグをいじった。「家族で地中海クルーズに出ていて、連絡《れんらく》がとれなかったものですから」

ママは椅子《いす》を引き出し、どうぞおかけくださいと言った。それから流しの上の戸棚《とだな》から、コーヒーカップとグラスを一個《いっこ》ずつ出した。カップに注ぐ時、ママはコーヒーをこぼしてしまった。

女の人は熱いコーヒーをふうふう吹《ふ》いた。女の子はじっとロニーとヤーコブを見ているばかりだ。

ヤーコブの頭は空っぽだった。太ももに犬のぬくもりを感じる。心臓《しんぞう》の鼓動《こどう》も。いつかこうなるとわかっていた。まずブスターで、今度はロニー。女の人の声が遠くに聞こえる。消えてしまった犬の話をしている。探《さが》しまわったけれど、見つからなかった犬の話を。

ママはお皿に盛ったチョコレートクッキーをすすめた。「この犬は、自分からうちにやってきました。飢《う》えきっていたので、息子のヤーコブが引き取りました。この子たちはとても仲良しになりました。犬はヤーコブのそばで幸せに暮《く》らしています」ママはそう言うと、カーヤとその娘《むすめ》を見た。「私《わたし》たちは、この犬にとって何が一番幸せなのかを考えなければいけないと思います」

パパも話に入ってきた。「今さらどういうおつもりですか？　犬がうちに来て五か月近くになります」パパの声はきびしかった。「犬を連れ帰る時、われわれは警察《けいさつ》にも届《とど》けを出してきたのですよ」

「新聞で写真を見ました。それでポンッスだとわかったんです」女の人は言った。

ママは身を乗り出した。「この犬はうちになじんでいます。新しい家からまた引き離《はな》すなんて、いいことではありませんよ」

「あたしの犬だもん」フリーダが言った。上唇《うわくちびる》を突《つ》き出し、おでこにシワをよせている。荒《あら》っぽくグラスを置いたので、中身がはねてこぼれた。

「ゆずっていただけるなら、お金をお支払いしてもかまいません」パパは言って、フリーダに向き直った。「新しい犬を買ってもらうのは嫌なのかな？」

「あ・た・しの、犬、だもん」フリーダはがんこに繰《く》り返した。「返してほしいだけ」フリーダは椅子《いす》からすべり降りて、ヤーコブのそばに行った。そしてロニーの背中《せなか》をなでた。

ロニーは顔を上げ、フリーダの手のにおいをかいでから、ヤーコブの腕《うで》にもたれなおした。

「今はぼくの犬なんだ」ヤーコブは言って、ロニーをきつく抱《だ》きしめた。

ロニーはヤーコブの耳をなめた。

女の人はふり返り、フリーダと向き合った。できればロニーをヤーコブのもとに置いて行きたがっているのが、よくわかった。「それより子犬のほうがほしくない？　子ネコでもいいのよ」女の人は娘《むすめ》に言い聞かせようとした。

「ポンツスをくれるって、おばあちゃんは言ってたもん」フリーダは言った。首輪をがっしりつかみ、自分に引きよせようとした。

ロニーは嫌がり、さからった。

「この子をあきらめさせるのは無理だと思います」女の人は申《もう》し訳《わけ》なさそうに言った。「この子には権利《けんり》がありますから。もともとうちの犬ですし。母はフリーダに犬をゆずるつもりでした。いつもそう話していました」

ママは何か言おうと口を開きかけたが、言葉は出る前に消えた。

女の人はバッグにかがみこみ、首輪を取り出した。それをヤーコブに手わたした。「これをつけてやってくれない？」

ヤーコブは相手の手をふり払《はら》った。首輪はカチャンと音を立てて、床《ゆか》に落ちた。ヤーコブはいやいやロニーから手を放した。ふり返りもせず、キッチンを出て行った。

少しして、みんなが玄関《げんかん》に向かう音が聞こえた。ヤーコブは子ども部屋のカーテンの陰《かげ》から外をのぞいた。するとフリーダがロニーを連れて出てきた。リードをひっぱっている。ロニーは足を止め、家をふり返って見た。フリーダはさらにぐいぐいリードをひっぱった。

ママが手助けしてフリーダとロニーを後部座席《こうぶざせき》に入れ、乱暴《らんぼう》に車のドアをしめた。ヤーコブはベッドに突《つ》っ伏《ぷ》した。エンジンの音とともに車が走りだした。中で犬が激《はげ》しく吠《ほ》えている。ロニーの声だった。

第十八章

ヤーコブは窓《まど》の中から庭を見ていた。サッカーゴールの石二つは、黄色く枯《か》れてしまった芝生《しばふ》に、今も置かれたままだ。ロニーが連れて行かれてから、一か月がたっていた。毎日ロニーのことを思わない日はなかった。今ごろどうしているだろう。サッカーをさせてもらっているだろうか？　ロニーがどんなに雷《かみなり》をこわがるか、フリーダは知っているのだろうか？

今ではオーラとまた親友にもどっていて、それはロニーのおかげだった。人間と犬がどれだけ仲良しになれるか、オーラにもわかったのだ。オーラはヤーコブをなぐさめようとした。

「ロニーは自分の家族のところに帰ったんだ。きっと楽しくやってるさ」オーラは言った。

その言葉に、ヤーコブの胸《むね》はしめつけられた。ロニーがフリーダと楽しく暮《く》らしているなんて、思いたくなかった。ヤーコブほどロニーのことを好きになるなんて、考えられない。「フリーダなんて！」ヤーコブはその名前を吐《は》き捨《す》てるように言った。

「あの子は犬好きなんかじゃない。リードをぐいぐい乱暴《らんぼう》にひっぱるから、ロニーの首がしまりそうになってたんだぞ」

ヤーコブは来る夜も来る夜も、同じ夢《ゆめ》を見た。ベッドを出て、一階まで階段《かいだん》を下りる。玄関《げんかん》を開ける。するとロニーがすわっている。しっぽでほうきのように玄関マットを掃《は》いている。そして茶色の目で、一心にヤーコブを見つめる。ところがヤーコブが抱《だ》きしめようとすると、犬の姿《すがた》は消えてしまう。目覚めると、ヤーコブはベッドの中だった。両手を何もないところでむなしく動かしていた。

あのあと、ヤーコブはユリエに電話をして、何があったか話した。そしてロニーがちゃんと世話してもらっているか、様子を見てほしいとたのんだ。ユリエは黄色い家までわざわざ上がっていってくれた。

「あの子は外につながれてたよ」ユリエは言った。「あたしを見たとたん、とびあがって喜《よろこ》んでくれたの。あたし、玄関前の段《だん》にすわって、なでてやった。ヤーコブの名前を言ったら、ぱっと立ち上がって、頭をぶるぶるっとふった。それから吠《ほ》えたの。ヤーコブを呼《よ》んでるみたいな感じがした。そしたらフリーダが出てきて、出て行けって言った。散歩をさせてあげたいとたのんでみたけど、だめだって」

ヤーコブの胸《むね》に小さい希望が生まれた。ロニーはぼくのことを忘《わす》れていないんだ。

「サマーハウスに行ってみようよ」ヤーコブはママにたのんだ。「ロニーは幸せじゃない。ユリエの話だと、ロニーはほとんど一日中外につながれてるんだって。時々すごく悲しそうな声で鳴いて、ユリエの家まで聞こえるぐらいなんだって」ヤーコブは必死でママを見つめた。「ぼくを恋《こい》しがってるって、ユリエは言ってる」

「つながれっぱなしの犬は、たくさんいるわ」ママは調理台のパンくずを集め、手の中に払《はら》い落《お》として、ゴミ箱に捨《す》てた。「つながれているからって、不幸せとかぎらないのよ。ロニーはあの家も、森も、海もみんな知っている。ずっとあの家で飼《か》われていたんだもの。きっとフリーダは、ちゃんと散歩させてくれているわ。ロニーのことを好きだから。そうでしょ」

「ママったら」ヤーコブは、かっとなって言い返した。「あの子がロニーの首をしめそうだったのを見なかったの？　ママの目はどこについてるの？」

ママは冷蔵庫《れいぞうこ》を開けて牛乳《ぎゅうにゅう》パックを取り出した。「ほんとうにたいへんなことになったら知らせてくれるように、ユリエにたのんでおきなさい」ママはそう言ったものの、本心から思っていないことが、ヤーコブにはわかった。

ロニーがつながれていると思うだけで、ヤーコブの心は痛《いた》んだ。ロニーは自由にしてもらうことに慣れている。好きなように森を走りまわったり、池で泳いだり、ヒースの野原を転がりまわったりすることに。そのロニーがつながれっぱなしにされてしまった。

もうぜったい、ぜったい、ぜえったいに、犬なんか飼うものか！

第十九章

いよいよ冬本番だった。雪が降《ふ》っては溶けた。小川に氷が薄《うす》いまくのようにはった。体育館の外のサッカーグラウンドには水がまかれてスケートリンクになった。ヤーコブとオーラは、放課後スケートをしに行った。

都会には雪はほとんど積もらない。だがクナルビーカは雪にうもれていた。ヤーコブは毎晩《まいばん》天気予報《よほう》をチェックした。一メートル近い積雪の写真がテレビ画面に並んだ。この冬の最高記録だと、気象予報士《きしょうよほうし》は言った。

ヤーコブは、フリーダが学校に行き、その両親が仕事に出ている間、毎日外につながれたままのロニーに思いをはせた。こんなに寒い中、こごえていないだろうか？　暗くなったらこわがっていないだろうか？　フリーダはちゃんと散歩に連れて行っているだろうか？　遊んでやっているだろうか？　ロニーは遊んでもらうのが大好きだった。ヤーコブはロニーが恋《こい》しくて、胸《むね》がしくしく痛んだ。

ある晩《ばん》ヤーコブが寝《ね》る用意をしている時、電話が鳴った。床《ゆか》に積んだ洗濯物《せんたくもの》の下から携帯電話《けいたいでんわ》が光っているのが見えたので、耳に当てた。

「ロニーにげた」

ユリエだった。ひどく早口だ。初めは何を言っているのかわからなかった。

「ロニーがどうしたって?」ヤーコブは電話に向かってどなった。

ユリエは今度は少し落ち着いて、言い直した。「ロニーが逃《に》げたの。家の外につながれたままだった。で、フリーダが学校から帰ったら、いなくなってたって。切れたリードしかなかったって。ロニーはリードをかみきって、逃げ出したんだよ」

ヤーコブは電話を耳に押《お》し付けた。最初に思ったのは、ロニーがとうとう自由の身になったということだった。「それ、いつのこと?」とヤーコブはたずねた。

「三、四時間前のこと。あたしもフリーダといっしょに探《さが》したけど、見つからなかった。森の中も国道も探したよ。でもどこにもいない。こっちはすごい雪なの。あとが残ってたとしても、みんな雪でおおわれちゃってる」

「何とかして見つけてよ」ヤーコブは必死になって言った。「ロニーは暗い中にひとりでいるのを嫌《いや》がるんだ。きっと今ごろすごくおびえてるよ」

「明日ももっとよく探すから」ユリエは言った。「また電話するね」

ヤーコブはよく眠れなかった。闇《やみ》の中を走るロニーの姿《すがた》が心に浮《う》かぶ。ひとりぼっちでおびえきっている姿が。森には危険《きけん》がいっぱいだ。ヘラジカに蹴《け》り殺されるかもしれない。キツネに追われるかもしれない。高速道路で迷《まよ》って、車にひかれるおそれもある。闇《やみ》の中で黒犬を見分けるのはむずかしい上、ロニーはあまり車に注意するたちではない。

フリーダのことを思うと、腹《はら》が立ってきた。どうしてぼくの家にロニーをいさせてくれなかったんだ？　何もかもフリーダのせいだ。ネコを飼《か》えばよかったじゃないか。ネコなら放っておいても大丈夫《だいじょうぶ》だ。一日中つないでおかなくてもいいんだし。

次の日の午後、ユリエが電話してきて、言った。「どこからどこまでも探したよ。森も大きな道も小さな道も。フリーダのお母さんが車に乗せてくれて、あちこち走りまわった。雪が深すぎて、なかなか進めないの。でもやっぱり見つからなかった」

「たのむから探《さが》しつづけてよ」ヤーコブはすがった。

「おなかがすいたら、帰ってくるかもしれないと信じよう。ねっ？」ユリエは言った。

ヤーコブは毎日ユリエに電話をした。ユリエはスーパーにビラを貼《は》った。会う人全員に、黒白の、とがった耳の犬を見なかったかとたずねた。だがロニーの行方を知る人はひとりもいなかった。

雪はどんどん降《ふ》りつづいた。ロニーを見つけるチャンスは、少なくなるばかりだった。

「ロニーは死んじゃったのかなあ」ある晩《ばん》パパがおやすみを言いに来た時、ヤーコブは聞いた。

パパはベッドのふちに腰《こし》かけた。「ロニーはタフな犬だ。きっと切《き》りぬけるさ」パパはそう言って、ヤーコブの手をにぎってくれた。「飼《か》い主のおばあさんが亡《な》くなった時、ロニーはおまえを見つけた。新しい家を見つけたんだ。だからきっとまただれかが、ロニーを見つけてくれてる。新しい家を用意してくれたさ」

パパは立ち上がり、ベッドサイドの電気を消した。戸口でいったん足を止めると、言った。「ロニーはちゃんと生きてる。タフな犬だから」

ヤーコブは顔をそむけて、壁《かべ》のほうを向いた。さまざまな思いが頭に浮《う》かんで眠れない。ロニーが新しい家を見つけたなんて、信じられなかった。ヤーコブのそばで心を許《ゆる》すまでにも、長い時間がかかったのだ。だから多分ロニーはとっくに死んでいる。犬の天国にのぼっただろう。そこでブスターと出会っただろう。

そんなことを思いながら、やがてヤーコブは眠《ねむ》りについた。

第二十章

ロニーの思い出はゆっくりと色あせていった。ヤーコブはもう、ロニーと再会《さいかい》する望みを捨《す》てていた。ロニーを思い出しても、心は前ほどひどく痛《いた》まないようになった。時には一度も思い出さない日さえあった。ただ寝《ね》る前にはそうもいかなかった。そんな時はついベッドのふちから身を乗り出し、いつもロニーが寝そべっていた場所を見てしまうのだった。

雪が降《ふ》ったり止んだりした。そしてあたり一面を薄《うす》く白くおおいつくした。

ヤーコブとオーラはいつもロニーと遊んだ池まで出かけた。池全体が氷におおわれかけていた。冬の初めに男の人がひとり、氷を踏《ふ》みぬいて落ちた。結局その人は見つからなかった。

二人は倒《たお》れた木に並《なら》んで腰かけた。

ヤーコブは、雪に白くおおわれた池の表面をながめた。落ちた男の人は、氷の下でどうしたのだろう。出口を探《さが》して、氷をなぐったり蹴《け》ったりしたのだろうか。とうとう最後には息ができなくなり、底に沈《しず》んだのだろうか。「池の底に沈んだままなのかな」ヤーコブは言った。

「もうここでは泳げないよな」オーラが言った。「春になって氷が溶《と》けた時に、浮《う》かんできたらこわいぞ！」

ヤーコブはできるかぎり長い時間息を止めてみた。息ができずに暗い水の底に沈んでいる自分を想像《そうぞう》してみた。死ぬのって、苦しいだろうか。ブスターは苦しんだのだろうか？　ブスターは眠《ねむ》っている間に死んだと、獣医《じゅうい》さんは言った。自分が死ぬなどとは思ってもいなかったと。ロニーの場合はどうだろう。やっぱりもう死んでしまったのか？　考えたくなかった。

ロニーとすごせた時間を幸せだったと思いなさいと、ママは言った。ヤーコブは、ふんと鼻を鳴らした。大人はいつもそんなことを言う。パパとママは、新しい犬を飼《か》ってあげると言った。大人って、すぐに忘《わす》れてしまうんだな。一つだけはたしかだ。ヤーコブは、もう二度と犬を飼わない。

ユリエが電話してきた。「フリーダが新しい犬を飼ったよ。きのう散歩の途中《とちゅう》で会ったの。ドイツ犬だって。すっごく足が短くて、毛がもしゃもしゃ。大きさはネコぐらいしかなかった。見たとこ、小さいボールみたい」

フリーダへの怒《いか》りがむくむくとわきあがった。フリーダにはロニーなんかどうでもよかったんだ。でもぼくにはすべてだった。それなのにあの子はロニーをぼくから取り上げた。

甘《あま》やかされすぎの最低のガキ！　あんなやつ、大嫌《だいきら》いだ。

第二十一章

ヤーコブはふと目覚めた。外は風が強い。家の角に当たって、うなり声を立てる。遊び場のブランコの鎖《くさり》がガチャガチャ鳴っている。か細い悲しげな音が、風のざわめきをつらぬいて聞こえた。ヤーコブはベッドにむっくり起き上がった。風にたわむ木々を、窓《まど》からながめる。生き物のいる気配はない。だが足が勝手にからだを玄関《げんかん》に運ぶ。見慣《みな》れた夢《ゆめ》が頭によみがえる。ここのところその夢は見ていなかったけれど。ゆっくりとした足取りで、階段《かいだん》を下りていく。玄関ドアの前で足を止める。ドアのハンドルに手をかける。ロックをねじってまわす。開ける。両腕《りょううで》を大きく広げる。

黒い稲妻《いなずま》がまっすぐにぶつかってきた。ヤーコブは後ろに倒《たお》れた。ドアにごつんと頭が当たる。腕は広げたままだ。くつの棚《たな》が大きな音を立てて倒《たお》れる。犬がヤーコブに乗っかっていた。きゅんきゅん鳴き、ワンワン吠《ほ》え、ヤーコブののど元の、また耳のにおいをかぐ。舌《した》が鼻と口をぺろぺろなめる。ヤーコブの顔はべとべとだった。暗い玄関でさえ、相手がだれかわかる。

「ロニー」

ヤーコブは泣いていた。犬を両腕で抱《だ》きしめてみる。だがロニーは夢の中のように消えたりしない。ヤーコブの胸《むね》の上にしっかりと乗っかったままだ。

寝室《しんしつ》のドアが開いた。

「いったい何事なの？」ママが叫《さけ》んだ。

パパはもう階段を半分下りていた。玄関の電気のスイッチをつけた。

ヤーコブはブーツとくつにまみれて横たわっていた。犬に乗っかられ、唇《くちびる》にバカみたいな笑みを浮《う》かべている。

「ロニーが帰ってきただけだよ」ヤーコブは言った。

その夜はもうだれも寝《ね》る気になれなかった。ロニーは死ぬほどおなかをすかせていた。長い間まともに食べていないのは明らかだった。がりがりにやせている。からだの皮がたるんで、全体にたれていた。ほとんど治りかけの傷《きず》がある。おなかの下にゆがんだ筋《すじ》になって残っている。片耳《かたみみ》が少しちぎれている。

ママは冷蔵庫からハンバーグのお皿を出して、ヤーコブにわたした。「日曜日のごちそうはあきらめましょう」ママは言った。そして戸棚《とだな》の一番奥《おく》にしまいこんでいた、ロニーのえさ入れを出してきた。ヤーコブはハンバーグをくずして、えさ入れに入れた。

「たくさんはだめだぞ」パパが言った。「ふつうに食事ができるまで、ゆっくりと慣《な》らさないとな」

三人はロニーをとりまき、食べる様子を見守った。ロニーは中身をすっかり食べつくし、えさ入れがピカピカになるまでなめた。

ヤーコブの胸《むね》に熱いものがこみあげた。心臓《しんぞう》があばら骨《ぼね》に勢《いきお》いよくぶつかるような感じがした。

ロニーは朝までヤーコブのベッドに入れてもらった。ヤーコブの足に頭を乗せると、ロニーは丸くなった。毛が強烈《きょうれつ》ににおう。白い布団《ふとん》カバーは犬の足についた泥《どろ》でめちゃくちゃに汚《よご》れた。

ヤーコブは犬の寝息《ねいき》に聞き入った。起こさないかとこわくて、ロニーに触《さわ》れない。ヤーコブ本人は眠《ねむ》りたくても眠れなかった。頭の中をさまざまな思いがかけめぐった。ロニーが帰ってきたと知ったら、フリーダはどうするだろう。また家に来て、連れ帰るつもりだろうか。そんなことにはならないとパパは言ったが、ヤーコブには信じられない気がした。

それでもヤーコブは、犬を足に乗せたまま、やがて眠りに落ちた。

目が覚めると、ロニーがいない。思わずベッドから乗り出してのぞいた。ロニーは緑色の毛布《もうふ》のいつもの場所で横になっていた。ヤーコブは手を伸《の》ばし、指で犬の毛をすいた。

次の日パパはストロムベルグ家に電話して、ロニーが帰ってきたと伝えた。

「ここまで三十キロ近くも歩いてきたんです」パパは電話に語りかけた。「非常《ひじょう》につらい目をしてきたはずです」

パパは一度通話を切ると、カウンターに携帯電話《けいたいでんわ》を置いて、言った。「向こうのお母さんはフリーダと話し合うそうだ。あとでかけ直すってさ」

ヤーコブはテーブルに肘《ひじ》をついた。そしてロニーがこれまでどんな目にあってきたかを、想像《そうぞう》した。何よりも飢《う》えと寒さと闘《たたか》った。大きな森で、ひとりぼっちだった。夜になると真っ暗だ。茂《しげ》みにひそむ大きな獣《けもの》に、食われないかとびくびくしただろう。とてもこわかったにちがいない。森の中で、どうやって正しい道を見つけたのだろう？　三十キロも！　たいへんな距離《きょり》だ。ヤーコブは冷蔵庫《れいぞうこ》の前に伸びて前足をなめている犬をながめた。ロニーはほんとにタフなやつだ。

携帯電話が鳴った。ママがとった。しばらく話を聞いてから、ヤーコブに電話をわたした。「代わってほしいんですって」

出たのはフリーダだった。「ポンツスが帰ってきたって、ママに聞いた」

ヤーコブは耳にきつく電話を押《お》し当てた。そして話して聞かせた。

「三十キロも歩いてきたんだよ。もうぼくんちにいてもいいよね」できるかぎりきっぱりと言い切ってやった。反対したって無理だから、との気持ちをこめて。

「あたしにはもう自分の犬がいるから」フリーダは言った。「ドイツ犬なの。ポメラニアンっていうの。真っ白なのよ。名前はユキちゃん」

「いい名前だね」ヤーコブは言った。

「だからもう、ポンツスは飼《か》えないの。ユキちゃんが嫌《いや》がるから」

嬉《うれ》しくて、ヤーコブの気持ちはわき返った。声がふるえないように、せいいっぱいがんばって言った。

「よかった。じゃあぼくがポンツスをもらう」それからフリーダに、ちょっと優《やさ》しいことを言ってやりたくなった。「ぼくんちが夏にそっちに行った時に、犬どうし会わせてあげたらどうかな」ヤーコブはほんとうに親切心からそう言った。嬉しくてたまらなかったからだ。

「無理だと思う。ユキちゃんは大きい犬をこわがるの」フリーダは言った。

ヤーコブは電話を切った。パパとママがこちらをじっと見ていた。「あの子の犬は大きい犬をこわがるんだって」ヤーコブは言うと、歯を見せて笑った。

「ロニーはぼくのものになったんだ」ヤーコブは勢《いきお》いよく立ち上がって、言った。

「おいで、ロニー。散歩に行こう」

ひとりといっぴきは子ども用のサッカーコートに向かった。ヤーコブはベンチにすわった。ロニーは雪が積もった道に飛び込んだ。何度も行ったり来たりを繰《く》り返す。足に踏《ふ》まれて雪が飛び散った。

ヤーコブは携帯電話《けいたいでんわ》を取り出し、番号を押《お》した。電話の向こうからユリエの声が聞こえた。「ロニーが帰ってきたよ」とヤーコブは言った。

訳者《やくしゃ》あとがき

「ペットロス」ということばは、最近ずいぶんおなじみになりました。長い間生活をともにし、かわいがっていたペットがある日突然《とつぜん》死んでしまったら、心に大きな穴《あな》があくでしょう。いつもはしゃいでいたあの場所、寝《ね》そべっていたあの場所に、いるはずの「その子」がいない……。心からもからだからも力がぬけ、どこに行く気もなくしたとしても、不思議はありません。

いっぽう立場を逆《ぎゃく》にして、ある日飼《か》い主を失ってしまったペットがいたら？　当たり前のように食べ物や住み家をくれ、話しかけたり散歩につきあってくれた人間がいなくなった時、ペットの「飼い主ロス」のショックはどれほど大きいことでしょう。

この物語『たかが犬、なんて言わないで』では、そんなペットロスの少年ヤーコブと、飼い主ロスの犬とが海辺の村で偶然《ぐうぜん》に出会います。初めは警戒心《けいかいしん》と好奇《こうき》心《しん》でなかなか近づけなかったひとりといっぴきですが、いつしか互《たが》いの心の穴《あな》を埋《う》め合う仲間になっていきます。ところが……。

作者リブ・フローデは一九四〇年生まれの、ノルウェーの女性《じょせい》です。オスロで長年小学校の先生をしていて、その経験《けいけん》から子どもの本を書き始めました。デビュー作『だんまりレナーテと愛犬ルーファス』を訳《やく》したのがきっかけで、本書まで合計四冊、日本語に訳したのはなぜか全て犬が主人公の物語でした。よほど犬さんたちとご縁《えん》があったのでしょうか。

『たかが犬、なんて言わないで』についてフローデはこう言っています。「私はロニーのモデルになった犬を道ばたで見つけて連れ帰りました。犬がそれまでどんなふうに生きてきたかわからなかったので、自分で物語を作ってみました。今では森をいっしょに散歩したり、川で泳いだり、走り回ったりしています。ロニーは幸せな犬になりました」

これはそんな、犬と人が心を通わせるまでの、道のりの物語です。

木村　由利子

リブ・フローデ（Liv Frohde）　　**作者**

1940年、ノルウェーに生まれる。教師として長年首都オスロの小学校に勤務した経験を活かし、児童向け作品を書き始めた。デビュー作『だんまりレナーテと愛犬ルーファス』や『すてねこタイガーと家出犬スポット』（ともに文研出版）など、動物への愛情こまやかな作品を得意とする。最新作である本作『たかが犬、なんて言わないで』はドイツ、中国などで出版され、好評を得ている。

木村由利子（きむら・ゆりこ）　　**訳者**

大阪府に生まれる。大阪外国語大学デンマーク語科卒業。北欧の児童書・ミステリーが好きで翻訳の仕事をはじめる。訳書に『すてねこタイガーと家出犬スポット』（文研出版）『赤毛のアン』（講談社）『雪の女王』（KADOKAWA）『犯罪は老人のたしなみ』（東京創元社）他多数。また著書に『旅するアンデルセン』（求龍堂）などがある。

柴田文香（しばた・ふみか）　　**画家**

東京下町に生まれ育つ。保育士、英語講師として若い世代と触れ合ってきた。彼らに伝えたいのは、「君の生きる場所は今見えている世界の外にもある」こと、「大人の言うことを鵜呑みにせず君自身の頭で考える」こと、そして「君自身の目で世界を見る」こと。挿絵の作品では、『パオ〜ンおじさんとの夏』（新日本出版社）がある。

〈文研じゅべにーる〉
たかが犬、なんて言わないで　　2018年6月30日　第1刷
　　2019年9月30日　第2刷
作　者　リブ・フローデ
訳　者　木村由利子　　NDC949　A5判　144P　22cm
画　家　柴田文香　　ISBN978-4-580-82351-8

発行者　佐藤諭史
発行所　文研出版　〒113-0023　東京都文京区向丘2－3－10　☎03-3814-6277
〒543-0052　大阪市天王寺区大道4－3－25　☎06-6779-1531
http://www.shinko-keirin.co.jp/
印刷所　株式会社太洋社　　製本所　株式会社太洋社